あやかし恋紡ぎ

儚き乙女は妖狐の王に溺愛される

伊月ともや

23140

角川ビーンズ文庫

目次

玖遠
人ならざる美貌と金の瞳を
もつ妖狐の頭領
あやかし恋紡ぎ
儚き乙女は
妖狐の王に
溺愛される
人物紹介
榊原沙夜
仕立てた衣に不思議な
力を宿せる少女

八雲（やくも）
玖遠の側近の青年

白雪（しらゆき）
白狐の少女。沙夜の付き人
兼お世話係

榊原清宗（さかきばらきよむね）
沙夜の許嫁

水貴（みずき）
東の頭領の娘。大蛇族

榊原宗園（さかきばらそうえん）
沙夜の父。強欲

金継（かねつぐ）
玖遠の友人の化け狸

風香（ふうか）
玖遠の配下の妖

本文イラスト／夜咲こん

序章 ✿ 小さな約束

沙夜が初めて「妖」というものを視たのは八歳になったばかりの頃だ。

妖と呼ばれる人ならざる恐ろしい存在がいることは、「父」にさんざん言い聞かせられてきたため知っていた。これらは己の欲のまま腹を満たすために人を喰い、特に彼らが「視える」人間は妖達にとっては格別に美味とのことだ。

だが、視たこともない妖よりも、思い通りにならないからと沙夜に暴力を振るう父の方が余程、恐ろしいと思っていた。そんな父が妖を忌み嫌う一方で、恐れているのだと気付いたのは、この屋敷を囲う築地に妖除けの術が施されていると知った時だ。

けれど、その術も完璧ではないようだと、沙夜は目の前にいる言葉を話す生き物を見ながら思った。人間を喰うぐらいなのだから、きっととても大きな姿なのだろうと思っていたが、初めて見た「妖」は小さくて、どこか弱っているようだった。

「――俺が、視えるのか」

その生き物は以前、乳母が沙夜を楽しませようと見せてくれた様々な動物が描かれている絵巻物に登場する狐に似ていた。だが、普通の狐は橙色らしいが、この狐は毛並みも瞳の色も違っていた。

妖に訊ねられた沙夜はこくりと頷き返した。

「怖くないのか。妖は、人間を喰うぞ。……近付かない方が良い」

ぶっきらぼうに告げられた言葉に対し、沙夜はふるふると首を横に振った。

「あなたは小さいから怖くないよ。それに私を心配してくれるから、優しい妖だよ」

沙夜の言葉に、妖は目を大きく見開いた。その瞳が揺れたのは気のせいだろうか。

妖はどうやら怪我をしているらしい。今も降り続けている雨に洗い流されてしまったのか、血は付着していないが、脚を引きずっていた。

沙夜は着ていた衣を一枚だけ脱ぎ、その妖に温もりを与えようと包み込んだ。

「大丈夫だよ。もう、痛いこと、ないからね」

自分よりも小さくて身体が震えているものを、恐ろしいとは思えなかった。むしろ、自分が守らなければと幼心に思ったのだ。

その日から、沙夜は屋敷に迷い込んで来た妖を「玄」と名付けて、父に見つからないように気を付けながら世話をした。玄と過ごす時間は、乳母を亡くしてから寂しくて空っぽになりかけていた沙夜の心に温かいものを注ぎ込んでくれた。

父に痛いことをされた時や怖い言葉を言われた後は必ず、玄が右脚で優しく撫でてくれる。それだけで、辛かったことは消え去っていく気がした。

　玄がいなければ、きっと自分は消えてしまっていた。そう思える程(ほど)に、玄は沙夜にとってなくてはならない、大事な存在となっていた。

けれど、怪我が治った玄は、ずっとここに居ることは出来ないと心苦しそうに言った。

彼は妖だから、妖の世界で生きなければならない、と。

　それでも、玄と離(はな)れることは嫌(いや)だった。沙夜は駄々(だだ)をこねるように彼をぎゅっと抱(だ)き締(し)めつつ、どこにも行かせないと必死に引き留めた。

「玄だけは、どこにも行かないで。私を一人にしないで……。私、玄とずっと一緒(いっしょ)にいたい……」

　自分の望みを持ってはならないと父に命じられていたのに、玄へと願ってしまった。幼い沙夜にとって、玄だけが心の支えだった。

　すると玄は何かを決心したのか、真剣(しんけん)な声でとある言い伝えと共に約束してくれた。

「数年だけ、待って欲しい。必ず、沙夜を――」

　心にじんわりとしみ込んでいく、眩(まぶ)しくて優しい約束。

　希望を持てない日々の中で、その約束は沙夜にとって唯一(ゆいいつ)の光となった。

一章 ✿ 夜半の逢瀬

「――何だ。まだ、これだけしか仕立てられていないのか。鈍臭い奴め」

不満そうな声を上げたのは、沙夜の父である榊原宗園だ。彼はこの斎龍国を治める帝に仕えている貴族の一人だというのに、装い以外は粗野で横暴な性格をしている。

乱暴な言葉を受けた沙夜は身を縮ませながら、父に向かって頭を下げた。

「……申し訳ございません」

視界の端に映るのは、自身が仕立てて積み上げた三枚の衣。触るだけで最高級の布地だと分かる衣は、全て沙夜が一人で仕立てたものだ。一日に一枚の衣を仕上げるのが限度だというのに、父は五枚分の衣を三日で仕立てろと、無茶を要求してくる。

けれど、仕事量が多過ぎると反論することも出来ないのは、そのような態度を取れば、折檻が待っていると知っているからだ。それ故に、たとえ使用人以下の扱いを受けようとも、父に命じられるまま毎日、針仕事をこなすだけの日々を送っていた。

「まぁ、良い。御神木に奉納するための領巾は先に仕立てているんだろう？」

催促のような言葉に、沙夜は別に仕立てていた赤い領巾を畳んだ状態で前へと出した。

父はにやりと笑ってから、赤い領巾を引っ手繰るように取った。

「よし、よし。ちゃんと出来ているな。……これがあれば、御神木も喜ぶだろうよ」

沙夜は「御神木」を見たことはない。ただ数年程前から、「御神木」に奉納するための領巾を仕立てろと命じられ、それから毎月一枚ずつ仕立てるようになった。

「こっちは追加の布地だ。蘇芳の布地は直衣に、紅は単に仕立てろ」

父は沙夜に向けて、布地が入っている布の包みを投げ渡してくる。そして、仕立てた衣はまるで宝物を扱うように大事に手に取り、先程の領巾と一緒に腕の中へと収めた。

「どちらの衣も、怪我の回復だ。ちゃんと『祈り』を込めて、仕立てるんだぞ」

「……はい」

理由は分からないが、沙夜が仕立てる衣には不思議な力が宿るらしい。その衣を纏う者は富を授かったり、病気や怪我が全快するなど理解しがたい加護を得るという。

その衣を父は多方へと売りさばき、かなり儲けを出しているようだが、それらの利益が沙夜の懐に入ることは一切なかった。

……私はただ、この人にとって、利益を得るための道具にしか過ぎないもの……。

父から家族としての情を与えられたことなどなく、沙夜はいつしか期待するのを止めた。

彼から与えられるのは、住む場所と貴族の姫君が摂るには質素過ぎる食事だけで、着ている衣さえも普段の針仕事で余った分を継ぎ接ぎしたものだ。

唯一、沙夜の身を案じていた乳母も数年前に亡くなっているため、親身に接してくれる家族は一人もいなかった。

……この力さえなければ、今よりは自由な生活が送れていたかもしれないわね。

どれ程、沙夜が望んでも、この不思議な力は沙夜自身を「幸せ」にはしてくれない。誰かの幸福と引き換えに沙夜へと不幸を運んでくるのだとしたら、まるで呪いのようだ。

「とにかく、期日までに仕上げろ。でなければ、食事は無しだ」

「……はい」

仕事が終わっていないからと、食事を抜かれるのは珍しくないことだ。

催促した後、父は早々と立ち去ろうとしていたが、何かを思い出したのか、階を下りる前に振り返った。

「おお、伝えるのを忘れるところだった。……めでたいことに明日お前も成人の日を迎えることになる」

「……ですが、世間の姫君の成人よりも幾分か遅いのでは……」

世間の姫君の成人は十二、三歳頃だと昔、乳母に教えてもらった。その歳に成人の儀となる裳着は一切行われなかったので、すっかり忘れられているのだろうと思っていた。

「榊原家において、成人となるのは十六と決まっておってな。……ああ、実に喜ばしいことだ。沙夜も明日を楽しみにしているといい」

明日もまたここを訪れるような物言いで告げ、父は軽やかな足取りで門から出て行った。

褒着をやるのかと思ったが父は沙夜に金を使うことを嫌がるため、あり得ないだろう。

……何故かしら……。胸の奥がざわついて、落ち着かない……。

父の機嫌が良い時は、大概が沙夜にとっては良くないことが起きる前兆だ。

胸の奥で渦巻く不安をどうにか和らげようと、沙夜は庭へと視線を向けた。

松の樹が一本だけ植えられた寂しい庭には濁った池がある。その池から少し離れたところに大きな庭石が置かれており、沙夜はそれをじっと見つめた。そこは沙夜にとって、彼と出会った特別な場所だった。

……あの方に会いたい……。早く夜にならないかしら……。

心が擦り切れそうな日々を送っていても、折れることなく過ごせているのは、唯一の拠り所と呼べる存在が沙夜にもいるからだ。会いたいと言っても、直接、顔を合わせるわけではない。それでも、彼の声がどうしても聴きたかった。

……あの築地の向こうに行けたら、良いのに。

沙夜は住んでいるこの小さな屋敷から出ることを許されていない。二、三人程度しか住めない広さの屋敷は高い築地で囲われており、唯一、外と繋がっている木製の門は常に外側から鍵がかけられている。

一度だけ覗き見た門の外には、広い庭と父達が住まう豪奢な本邸が建っているのが見えた。そして、その本邸と沙夜の屋敷を丸ごと囲んでいたのは、高くて長い築地だった。二重の築地で囲われている以上、簡単に逃げ出せない造りとなっていることを知り、沙夜はこの屋敷から逃げることを諦めた。

その頃に出会った「玄」も約束を残したまま、もう数年程会っておらず、沙夜の心には再び空虚が生まれつつあった。そんな時に出会ったのが、彼だった。

……きっと、今夜も来て下さるわ。

沙夜は胸元で拳をぎゅっと握り締める。吐き出せない不安を抱きながらも、彼との時間を確保するために再び針を持った。

……何とか、日を越えるまでに一枚、仕立てられた……。

残り一枚は明日、早起きしてからやろうと沙夜は針箱を片付ける。立ち上がってから灯台の火を息で吹き消し、少し急ぎ足で庭へと向かった。

築地の傍に置かれている庭石へと辿り着いた沙夜は、そこへと腰掛ける。

思わず、短く息を吐いた時だ。築地の向こう側から、こつこつと壁を叩く音が響き、沙夜ははっと顔を上げた。

今夜も来てくれた、という嬉しさを胸の奥へと押し込め、築地の壁を手で二回、叩いた。

それは「彼」との間で決めた合図だ。

「――こんばんは、沙夜。……今日は月が明るい良い夜だね」

壁越しに聞こえたのは、優しくも真っ直ぐ透き通った声。

声がはっきりと聞こえるのは、庭石のすぐ傍の築地に四寸程の穴が開いているからだ。

それはかつて、外の世界がどうしても見たくなった幼い沙夜が小石で掘った穴だったが、思っていたよりも硬く、途中で削るのを諦めてしまった。

身体は通せない小さな穴だが木の幹で上手く隠れているようで、今まで父達に見つかったことはない。

沙夜は逸る気持ちを抑えつつ、挨拶を返した。

「……こんばんは、玖遠様。今夜も晴れて、良かったです」

沙夜にとっての心の拠り所、それが「玖遠」という名の青年だった。

彼との出会いは半年程前に遡る。針仕事が終わらず、鬱屈した日々を送っていた沙夜が、気晴らしに庭石に腰掛け、星空を眺めていたら声をかけられたのだ。

『――そんなに辛そうな溜息を吐いて、どうしたんだ』

突然話しかけられてもちろん驚いたが、それでも久しぶりに他者から気遣う言葉をかけられた沙夜は相手が誰なのかも知らないのに、つい愚痴を零してしまった。

　その日から密やかな逢瀬が始まった。玖遠は三日に一度、夜半にだけ訪ねてくるようになり、沙夜の話に親身に耳を傾けては気遣う言葉をくれた。また、彼が教えてくれる外の世界についての話はどれも心が浮き立つ程に素敵なものだった。

　玖遠が何者なのかは分からない。だが、たとえ名前しか知らなくても、彼が優しい人だということだけは知っていた。

　いつも通り外での出来事を聞かせてくれる彼の低く穏やかな声色に、強張っていたものが解けたように思わず深い息を吐いた。

「……また、溜息を吐いたね。今日も父親に何か言われたのか？」

「っ……。玖遠様は何でもお見通しなのですね……」

「沙夜はすぐに抱え込んでしまうから、俺から訊ねないと愚痴も吐き出さないだろう？　……それで、何と言われたんだ？」

　いつだって、沙夜が密かに抱くものに気付き、吐き出させてくれるのは玖遠だけだ。他の誰にも言えないことを彼に話すだけで心は軽くなるし、気が楽になる。

　それがどれ程、沙夜にとって心の支えになっているか、彼は知らないだろう。

「大したことではないのです。……ただ、明日で私が十六となり、成人を迎えると言われまして」

「……十六、か。それなら、お祝いしないとな」

「お、お祝い、ですか……？」

今まで祝われたことなどない沙夜は、その言葉に心がわずかに弾んでしまう。

「ふむ……。そういえば以前、桜の花を見てみたいと言っていたね」

「えっ、あ、はい……」

春を告げる薄紅色の美しい桜が、玖遠が一番好きな花だと聞いて、見てみたいと思ったのだ。

「お祝いの品とは言い難いかもしれないけれど、君に桜の枝を贈るよ」

「そんな……申し訳ないです。成人すると言っても、今と何かが変わるわけではありませんし……」

「沙夜にとって大事な日だからね。……俺はこうやって、夜に訪ねることしか出来ないから、せめて桜の枝だけでも俺の代わりに沙夜の傍に置いてやってくれないか」

玖遠の言葉を受け、沙夜の心臓は小さく跳ねた。胸に手を添えても、その音が収まることはない。

彼が与えてくれる言葉や気遣いは、まるで足りないものを補うように埋めてくれた。

……私はもう、この方がいないと、駄目なのかもしれない……。

きっと、玖遠と出会う前の自分に戻ることになれば、この空虚な日々に耐えられないだろう。彼だけが、沙夜に明日を生きる力を与えてくれるのだから。

「……では、楽しみにしていますね」

沙夜がそう答えれば、玖遠が安堵するように笑った気配がした。桜の枝を贈ってくれること以上に、玖遠が祝ってくれることが嬉しかった。

……やっぱり、玖遠様と一緒にいると、どんな不安も気鬱なことも晴れてしまうわね。

一人ではどうにもならなかった形容しがたい不安は玖遠のおかげで拭われていき、沙夜の心にはやっと穏やかさが戻ってきた。

翌日の夜、沙夜は少し拍子抜けした気持ちで針仕事を進めていた。明日を楽しみにしているといい、と父は言っていた。だが、日中に訪ねて来ることはなく、今はもうすっかり夜更けだ。

……昨日の胸騒ぎは気のせいだったのかしら。

取り越し苦労だったのならば、それで良い。さすがに今日はもう来ないだろうと思っていた時だ。門が開く音が聞こえた気がして、沙夜は動かしていた針を止めた。

「……？」

このような夜更けに父が訪ねて来たことは無い。耳を澄ませば、砂利を踏む音が聞こえたが、その足音は二つ分、重なっているようだった。

足音の一つは父のもので間違いないだろう。父は上品とは程遠い、砂利を蹴るような足音を立てるからだ。だが、もう一つの足音は誰のものかは分からない。食事を運んでくる使用人の誰かかと思ったが、その者達の歩き方とは違う気がした。

奇妙に思った沙夜は持っていた針を針山へと刺し、息を潜める。

暫くすると、二つの足音は履物を脱いで階を上って来た。御簾には二人分の人影が映っているが、誰が立っているのか、顔までは分からなかった。

「沙夜よ、わしだ」

やはり、父だったようだ。機嫌の良さそうな父の声が何故か不気味に感じられて、沙夜は思わず身体を強張らせた。

「……あの、お父様。申し訳ございません……。昨日、新たに仕立てを頼まれたものならば、まだ仕上がっておりません。明日までには……」

「ああ、そのことではない。昨日、言っただろう。明日を楽しみにしているといい、と。お前に許嫁を紹介しようと思って、連れてきたのだ」

「……は、い？」

許嫁、という言葉の意味は分かる。それは確か、結婚の約束をしている男女のことを指すはずだ。

「待ちに待った成熟の日がやっと来たのだ。故にこれから結婚してもらおうと思ってな」

父の話はちゃんと頭に入ってきているというのに、理解することは出来なかった。

思わず、胸元で手をきつく握り締める。瞳を揺らす沙夜にはお構いなしに、父は言葉を続けた。

「この者はわしの弟の息子で、名を清宗という。この榊原家の次期当主となる者だ」

父の命令はいつだって絶対だと分かっている。それでも頭の中は大嵐が来たように混乱していた。

「さぁ、清宗よ。後は任せたぞ」

「はい、伯父上。ここまで案内して頂き、ありがとうございました」

もう一つの影が父へと言葉を返した。その取り繕ったような猫撫で声の男の関心が自分に向いたのが分かり、鳥肌が立つ。沙夜は引き攣りそうになった声を何とか抑えた。

「良い、良い。お前はわしにとっても息子のようなもの。……どちらが上の立場なのか、沙夜にしっかりと教えてやりなさい」

父はそれだけ伝えると、さっさと沙夜の前から去っていった。その場に残ったのは自身の許嫁と紹介された「清宗」という男だけだ。

「初めまして、許嫁殿。いや、『いとし子』と呼んだ方が良いかな？」

まるで愉快で堪らない、と言わんばかりに浮ついた声音で話しかけてきた清宗は、二人を隔てる御簾を片手で簡単に上げた。

「っ……」

　するり、と中へ入ってきたのは烏帽子を被った青年だった。細面で糸目だが、鼻筋は沙夜の父と似ているようだ。浮かべている笑みが妙に不気味に思えて、沙夜は座ったまま後ろへと下がった。

「思っていたよりも身体つきが貧相だな……。まぁ、子を生せるならば、それで良いか」

　清宗は沙夜の姿を上から下まで舐めるように眺めた後、どこか残念そうに言った。

「……っ、はっ……」

　声を出したいのに何故か喉の奥が詰まり、右手で喉元に触れた。冷や汗を掻いてしまうのは、自分がこの男に恐れを抱いているからだと気付く。

　震えている沙夜に、清宗は喉を鳴らすように低く笑い、膝を立てて座った。

「そんなに怯えるなんて酷いなぁ。私は君の夫となる男だぞ？」

「私の、夫……」

　浅い息を吐きながらもやっと声を出すことが出来たが、その言葉の意味を理解したくはないと身体が拒否しているのが分かる。

「そうだとも。『いとし子』の夫として私は選ばれたのさ。だが、世の慣習に倣って、成人しなければ、結婚出来ないからね。……今日が来るのをずっと待ち望んでいたんだよ」

清宗はにこやかに微笑むも、沙夜にとっては恐怖を掻き立てるものでしかなかった。何故なら、その笑みには自分に逆らうことは許さないという意思が見え透いていたからだ。

……「いとし子」……？　この方は、一体何を言っているの……？

よく分からない言葉だったが、そのことについて思考する余裕などなかった。

「さぁ、さっそく夫婦になろうか。大丈夫さ、怖くはないよ。……これでも女性を喜ばせるのは得意なんだ。ちゃんと可愛がってあげるから、安心するといい」

清宗は膝を進め、沙夜へと手を伸ばしてくる。彼の指先が沙夜の膝をなぞるように触れた瞬間、ぞわりと冷たいものが背筋を流れ、全身に鳥肌が立った。

……嫌だ。この人には、触れられたくない……！

嫌悪を感じた沙夜は、思わず右手の傍にあった衣の塊を清宗に向かって投げた。衣が清宗の顔を覆ったため、沙夜は素早く立ち上がり、距離を取るように後ろへと下がる。

「ははっ、照れているのかい。初心で可愛いじゃないか。……まぁ、今まで囲われて暮らしていたならば、男を知っているわけがないか」

清宗は沙夜の反応を楽しんでいるように見えた。沙夜が怯えることで、支配していると思っているのだろう。

震える足を何とか動かし、沙夜は清宗が入って来た御簾とは反対方向の場所から、転がるような勢いで簀子へと出た。唯一の出入り口となる門は、恐らく清宗の用事が済むまで閉められたままなのだろう。逃げ場はないと分かっていても、逃げなければこの身に危機が迫ると察した沙夜は庭に続いている階へと足を向けた。

　しかし、纏っている衣の裾を後ろから踏まれたことで、がくん、と沙夜はその場にくずおれる。

「おっと、つい踏んでしまったが、怪我はないかい？」

　心配するような物言いをしながらも、清宗は沙夜の腕を強く摑んできた。

「初めてのことに恥ずかしがっているのは分かるが、手間を掛けさせないでくれよ？」

「っ……！」

　清宗は沙夜を簀子の床へと押し倒し、両手首を摑む。舌なめずりをしている彼の顔を見たくはなくて、思わず顔を逸らした。

……嫌っ……。触らないでっ……！　誰か、誰か、助けてっ……。

　何とも言い難い恐怖と気持ち悪さが沙夜を襲ってくる。たとえ声を出して助けを呼んだとしても、ここには誰も来ないと分かっている。「父」の意思は榊原家の総意だ。

「ほら、君の瞳を私にじっくりと見せてくれ。……ああ、何と素晴らしい……！　君はやはり、『宵闇色』の瞳の持ち主なんだね……！　これこそが『いとし子』の証……！」

　確かに沙夜の宵闇色の瞳は夜空がはめ込まれたような色をしており、父や使用人達の黒い瞳とは違う。それを清宗がうっとりと見つめてくるのが酷く気持ち悪かった。

清宗は沙夜の帯の結び目を手慣れたようにするりと引いた。抵抗したくても、床上に押さえつけられているため、力は入らない。

……生きていても……こんなに辛くて苦しいことしかないなら……いっそのこと、心なんて無くなってしまえばいいのに……。

何もかもに絶望して思考が閉じかけた時、頭に一つの声が浮かんでくる。

――沙夜。

優しくて、真っ直ぐで、いつだって沙夜を気遣ってくれる声。その姿を瞳に映すことは出来なくても、自分にとっては唯一の心の支え。

心に浮かんだのは、たった一人。――玖遠だけだった。

「た……け、て……」

沙夜は最後の力を振り絞るように声を発した。

「助けてっ……。玖遠様っ――！」

心からの叫び声を上げた瞬間、身体が揺れる程の轟音がその場に響き、土煙が混じった突風が吹き抜ける。

「っ!?　何だ……!?」

それまで余裕の表情を浮かべていた清宗は焦ったように、突風の発生源の方へ顔を向けた。沙夜も仰向けのまま、音がした築地の方へと視線を動かしたが土煙で何も見えなかった。

「――沙夜に、何をしている」

突如、耳に入って来たのは、心臓に突き刺さるように鋭く低い声だった。

「なっ……誰だっ!?　――ぎゃっ!?」

土煙の中から青白い火の玉が飛んできたと思えば、沙夜に跨っていた清宗に直撃し、一瞬にして吹き飛ばしていった。清宗は屋敷の柱に身体を打ち付けたことで気を失ったのか、ぐったりとした様子で動かなくなった。

何が起きたのか分からず、身体を起こそうとしたが手が滑ってしまう。頭が再び床上へと打ち付けられそうになり、思わず目を瞑った時だ。ふわりと吹いた柔らかな風が沙夜の身体を包み込み、気付けば誰かの腕によって抱き留められていた。

「――沙夜。……沙夜っ、大丈夫か？」

「……えっ？」

降って来たのは耳慣れた声だった。その声音が自分の身体を支えてくれている相手のものだと気付く。

「君が俺を呼ぶ声が聞こえたが……。この男に何もされていないか？」

「その、声は……。まさか……玖遠様……？」

沙夜は瞼を開き、自分を心配する優しい声の主へと問いかける。

それまで月を覆っていた雲が途切れ、沙夜は改めて玖遠の姿をはっきりと目にした。

凜々しくも、思わずはっとしてしまう程に人間離れした美貌。沙夜はいつの間にか彼の容姿に魅入られたように見つめてしまう。月明かりに照らされている濡羽色の髪は艶やかで、目元は涼しげながらも意志が強そうに見えた。

だが、何よりも驚いたのは彼の瞳が金色だったことだ。まるで獣を彷彿とさせる鋭い瞳は月の光に反射するように光って見えた。

「……直接、顔を合わせるのは初めてだったね」

問いかけに答えるように彼の表情が少しだけ緩んだが、その口元に何故か艶めかしいものを感じてしまう。

「玖遠、様……」

いつか、ほんの一瞬だけでもいい、会いたいと思っていた相手が目の前にいる。込み上げてくるものがあった沙夜は、先程までの緊張を忘れたように視界が滲んでしまう。

「本物の、玖遠様……」

「……そうだよ」

「でも、今日は……約束の日ではないのに……」

「君が成人する日に祝わないと意味がないと思って、会いに来たんだ。……でも、沙夜に詫びなければならないことがあって……」

玖遠はどこか気まずそうに眉を下げる。

「桜の枝を手折ってきたんだけれど、ついさっき花びらが全て散るという不手際が起きてしまってね。……贈るのはまた、別の機会でも良いだろうか」

「そんなっ……。お気持ちだけで十分です……！　それに玖遠様にお会い出来たことが、何よりも嬉しいですから……」

「沙夜……」

玖遠は表情を和らげ、目を細めた。金色の瞳の中には沙夜の姿だけが映っている。

「──大きな音がしたが、一体何事だ!?」

暫く、玖遠の瞳に見入っていた沙夜は、父の怒鳴り声と共に門の方が騒がしくなったことに気付き、はっとする。

「……さっきの轟音で気付かないわけがないか」

玖遠は肩を竦めながら、溜息を吐いた。

そういえば先程の震動は何だったのだろうと沙夜が再び視線を向ければ、築地があったはずのその場所には人が通れる程の大きな穴が開いていた。

……まさか、この大きな穴を玖遠様が一人で開けたというの……？

とてもではないが人間業とは思えず、沙夜は目を見開いてしまう。

やがて、開いた門から砂利を蹴るようにしながら父が庭へと入って来た。

「おい、清宗！　何が起き……」

父は簀子の上に倒れている清宗の姿を見た後、沙夜の方へと視線を移し、すぐ傍に玖遠がいることを認めるとその目を大きく見開き、叫ぶように声を荒らげた。

「金色の瞳……!?　もしや、妖かっ!?　――おいっ！　妖だっ！　妖が出たぞ！」

父が築地の外に向かって叫べば、荒々しい足音と共に、初めて見る男達が門からやって来る。男達は父と沙夜達の間を隔てるように立ち塞がり、武器を構えた。

武器の刃先を向けられた沙夜は思わずびくっと肩を震わせ、視線を逸らした。

「……はぁ……。俺相手にこれだけか」

どこか呆れたように玖遠は呟くと、沙夜を支えながら立ち上がらせてくれた。沙夜は解けていた帯を急いで締めたが、ふと不思議な感覚が胸に浮かんでくる。

……あれ？　清宗という人に触られるのは嫌だと思ったのに、玖遠様に触られても嫌だと感じない……？

それが何故なのか、沙夜には全く分からなかった。

「おのれ、妖め……。我が娘を狙った以上、生きて帰れると思うなよ……！」

父は玖遠を睨んでいるものの、男達の後ろから前へと出ることはなかった。

「……ふ……ははっ……」

父の言葉を冷やかすように、玖遠は愉快げな笑い声を上げ、唇に弧を描く。

「どの口が言っている？」

玖遠が右手の指を鳴らした瞬間、父達を取り囲むように出現したのは、先程と同じ青白い火の玉だった。ふよふよと浮遊する火の玉は、父達を威嚇するように動いている。

「ひぃぃっ……！」

武器を構えている男達は表情を歪ませながらも火の玉と対峙しているが、その後方で守られている父はすでに腰を抜かしていた。

「どうやら、築地には妖除けの術を施していたようだが、全ての妖の侵入を完全に防げると思っていたのか？　あの程度の術しか使える者がいないというのに、本気でこの俺を討ち取れるとでも？　……随分と嘗められたものだ」

地を這うような低い声を受けた父達は、血の気が引いた顔をしていた。いつも威張っている父の怯えた姿を見たのは初めてで、少しだけ胸の奥がすっとした。

「……この娘が気に入った。俺が貰い受けるが、文句は言わせぬぞ」

「へっ？」

布の塊を持ち上げるような動作で、玖遠はいつの間にか沙夜を抱き抱えていた。

突然の行動に驚き、思わず玖遠を見上げたが、父を見据える彼の視線は鋭いものとなっていた。自分が睨まれているわけではないのに、ぞくりと背筋が冷えた心地がする。

「なっ……!?　おい、待てっ!?　その娘は……！」

青白い火の玉に照らされている父の表情が怒りに満ちたものに変わっていく。何とか立ち上がった父は、玖遠に抱えられている沙夜に向けて右手を伸ばしてくるが、火の玉に遮られ、前に進むことが出来ないようだった。

「くそっ……！　――おい、沙夜っ！　お前は、わしのものだ！　全ての妖を根絶やしにしてでも、必ずお前を連れ戻してやる……！　せいぜい、喰われぬようにしておけ！」

父が沙夜を指差しながら吐いた言葉に、身体が震える。彼の瞳には諦めどころか、沙夜への強い執着の炎が宿っていた。

どこからか吹いてきた強い風が、沙夜達を包み込むように纏わりつき、下から勢いよく吹き上げた。はっと気付いた時には、沙夜の身体は地面から随分と離れており、視線を下方に向ければ、もがくように手を伸ばしている父の姿が見えた。

自分の身体が空に浮いているのだと自覚した沙夜は驚きのあまり、玖遠の身体へとしがみついてしまう。

「ひゃっ……⁉」

「おっと、落ちたら危ないから、暴れないでね」

玖遠の言葉に沙夜はこくこくと頷き返す。そしてもう一度、眼下に目をやった瞬間、それまで感じていた恐怖はどこかに吹き飛んでしまった。

月明かりが照らすのは、碁盤目状に区切られているたくさんの屋敷だ。建物がずらりと遠くまで並んでいる景色は圧巻と言っても良いだろう。

それだけでなく、いつもは限られた空しか見られなかったが、今だけは目に映る広々とした星空が自分と玖遠のみが味わえる特別なもののように感じられた。

「っ、すごい……」

想像していたよりも外の世界は広く、そして美しいと思えた。他の人にとっては何気ないものかもしれない。それでも初めて見たこの景色を一生忘れることはないと思った。

「地上と気温が違うと思うけれど、寒くはないか？」

「だ、大丈夫です……」

しかし、空中に浮いている仕組みが分からず、玖遠の方へと何となく視線を向ければ、彼は金色の目をどこか困ったように細めていた。

沙夜はもう、玖遠が人間ではないと分かっていた。

「……ええっと、玖遠様は……妖、なのですか？」

妖の見た目は獣だったり、形容しがたい外見だったりと様々な姿形をしていると聞いている。だが、目の前の玖遠は瞳の色と人間業とは思えないことをやってのける以外は、普通の人間と似た姿をしていた。

「……そうだよ。人間のような見た目をしているけれど、これでも妖狐なんだ。……ずっと秘密にしていて、すまない……」

玖遠は何かをぐっと飲み込み、それから伏し目がちに答えた。その反応から、聞いてはいけないことだっただろうかと思った沙夜は慌てて首を横に振った。

「い、いえっ、そんな……。確かに驚いてはいますが、玖遠様は私を助けて下さいました。なので、その……ありがとうございます。助けて下さって」

するとと彼はふわりと柔らかな笑みを浮かべた。

「……もしかすると『妖』というだけで怯えられるかもしれないと思っていたから、怖がられなくて良かったよ。……恐れられるのは慣れているけど、沙夜に怯えられたら、十日以上は凹んでいたところだ」

気が楽になったのか、玖遠の口調はいつもと同じように明るいものへと変わった。彼とこうやって顔を合わせても何も変わっていないことに気付いた沙夜は改めて安堵した。

やがて、彼は実家の屋敷から随分と離れた場所へと着地し、沙夜を下ろした。

「……沙夜。俺は君が助けを呼ぶ声を聞いて、思わず攫ったけれど……。沙夜はまた、あの屋敷に戻りたい？」

それまでとは一変して、玖遠は険しい表情で問いかけてくる。沙夜が清宗に何をされそうになったのか、察しているのかもしれない。

「わ、たしは……」

すぐに答えない沙夜の様子を訝しげに思ったのか、玖遠はふっと表情を緩めた。

「沙夜はどうしたい？　心のままに、言ってみるといい。俺は君の言葉で聞きたいんだ」

焦らせることなく、見守るような温かな視線を受け、沙夜の心の強張りが少しずつ解けていく。何度か息を吐き出し、そして玖遠を真っ直ぐ見つめ返しながら答えた。

「いいえ……。私は……あの場所に、戻りたくはありません」

震えそうになった身体を沙夜は両腕で抱き締めた。もう春だというのに、酷く寒くて堪らないのは気のせいではないだろう。

「たとえ、一人で生きていける術がなくても……あの場所にだけは……絶対に戻りたくはないのです」

「……」

助けてもらっても結局、自分は父から逃げることは出来ないのだろう。父に囲われて生きてきた自分にはこの先をどのように生きればいいのか、想像さえつかないのだから。

それでも足掻きたいと思ったのは、心が壊れてしまいそうだったからだ。

……これ以上、心を踏みにじられ、不思議な力を利用されるだけの日々が続くなら……。

私はきっと自分がどういう人間なのか、見失ってしまう……。

意思を持つことが許されないならば、それは人形と同じで、「沙夜」という存在はいらないのではないだろうか。そう思ってしまえば、心さえも消えてしまいそうだった。

「──沙夜」

耳に残る低く穏やかな声で名前を呼ばれた沙夜は、はっと顔を上げた。そこには真剣な表情で、自分へと手を差し出している玖遠がいた。

「君が二度とあの屋敷に戻りたくはないというならば……。この状況から抜け出す方法を一つだけ、知っている」

「……？」

沙夜がどういう意味だと言わんばかりに首を傾げれば、彼はふっと口元を緩めた。

「俺ならば、君が生きる上で不便なことがないように、住む場所だけでなく食事も衣服も提供出来るよ。更に身の安全の保証も付いてくる」

玖遠からの突然の申し出に沙夜は目を丸くした。何か裏があるのではと微かに疑っていると、彼は人差し指を自身の口元に添えつつ、金色の目をすっと細めた。

「ただし、一つだけ条件がある。……俺の、妻となることだ」

「えっ……」

妻、という言葉に沙夜は思わず固まった。窺うように玖遠の顔を見れば、彼は少し得意げな表情で言葉を続けた。

「こう見えて、俺は妖達の頭領を務めていてね。自分で言うのも何だが、立場はあるし、そこらの奴より腕が立つと自負している。……だから、沙夜が俺の妻になれば、直接守ることが出来るというわけだ」

「それに俺が管理している土地には人間が入れないように結界が張ってあるから、君を捜しに来るかもしれない父親からその身を隠すのに打って付けの場所だ。……どうかな？」

玖遠の表情を見る限り、冗談を言っているようには聞こえない。もちろん、彼が言っている妻とはつまり夫婦としての意味だと理解している。

……私が玖遠様の……妖の妻に……？

先程、無理矢理に清宗と結婚させられそうになった後だというのに、不思議と嫌な気持ちにはならなかった。

しかし何故、自分を妻として迎えようという気になったのか、その理由は分からない。沙夜の境遇を不憫に思い、同情してくれているのだろうか。

頭を過ぎったのは父が常々言っていた、妖は人間を喰う存在だ、という言葉だ。

……この方を……信じていいのかしら……。

顔には出さないものの、不安と疑心が混ざり合い、沙夜は悩みに悩んだ。このまま、彼の手を取らずに逃がしてもらっても、世間知らずな自分が一人で生きていくことは不可能に近いだろう。そして、すぐに父に見つかってしまうに決まっている。

妖の世界に身を潜めるならば、父に見つからないのではないかと思ったが、「人間」ではないもの達に囲まれて生きることに不安がないと言えば嘘になる。


「……」

……一体、どうすれば……。

沙夜は玖遠へと視線を向けた。彼の眼差しは変わらず真っ直ぐ、沙夜だけに注がれている。そして、優しい表情で沙夜が選ぶ答えを待っていた。

ふと思い出したのは、彼と共に過ごした穏やかな時間だった。お互いの姿が見えなくても、気遣う言葉をくれる玖遠の優しさを自分は確かに知っている。

……私は……玖遠様を信じたい。

かつて玄と約束したことが脳裏を過ぎる。玖遠の提案を受け入れれば、玄との約束を破ることになるかもしれない。

だが、実家で沙夜がどんな扱いを受けていたか玄は知っている。優しい彼ならば、沙夜が実家から逃げることを許してくれるかもしれないと思い直した。

決心した沙夜は背筋を伸ばし、玖遠を見上げる。

「……玖遠様。ご迷惑をおかけするかもしれませんが、どうか宜しくお願い致します」

沙夜は白く細い手をそっと玖遠の手に重ねた。玖遠はどこか安堵するような穏やかな表情を浮かべてから、力強く頷き返す。

「ああ、任せてくれ。俺が全てを懸けて君を守ろう」

月明かりが霞んでしまう程の眩しい笑みを零しながら、玖遠は自然な動きで沙夜の指先に軽く口付けを落としてきた。

「こ、これは……？」

沙夜が首を傾げれば、玖遠は小さく苦笑を返した。

「ただ、君への誓いを示しただけだよ」

「なるほど……」

妖達の間では普通の仕草なのだろうか。少しだけ、くすぐったい心地がした。

「それじゃあ、まずは君に俺の妖力を纏ってもらうよ」

「妖力を纏う、とは一体どのようなことですか……？」

「ん？……ああ、そうか。人間達の間ではあまり知られていないことだったね。……妖が夫婦となる際にはお互いの妖力を纏わせて、周囲に自分の夫や妻だと示して牽制するんだ。人間で言うところの結婚の儀式に近いものだと思って欲しい」

妖の結婚の儀式はあっさりとしているものらしい。やはり、人間と妖とでは習慣や文化が違うのだろう。

「それと俺の妖力を纏っている間は妖術による攻撃をある程度、防ぐことが出来るんだ。……まぁ、水や雪みたいな自然物による質量攻撃は防げないから、川に落ちたりしないように気を付けてね」

玖遠の説明を聞きつつ、沙夜は何度か頷く。正直、妖力がどのようなものなのか、よく分からないが、とりあえず玖遠の妖力を受けてみることにした。

「少しずつ俺の妖力を纏わせていくけれど、痛みはないから気を楽にしているといい」

「は、はい」

玖遠は沙夜の両手をそっと握り締めてくる。温かくも奇妙な何かが、彼の両手からゆっくりと伝わってきた。

「っ……」

「沙夜っ？」

次第に温かな心地が全身を覆っていき、夢の中にいるような気分に陥っていく。

……何だか、頭が……ぼんやりして……。

上手く思考することが出来ず、意識が少しずつだが遠くなる。

「……沙夜!?　妖力を流し過ぎたかっ？」

「だい、じょ……」

だが、虚勢を張ろうとした沙夜の言葉はそこで途切れた。まるで高熱が出たような状態の中、玖遠が沙夜を呼ぶ声だけが薄っすらと聞こえていた。

二章 ✿ 常夜桜

沙夜がいつも使っている寝所は貴族の姫君の寝所とは言い難い程に粗末なものだ。古い畳の上で、余った布で仕立てた継ぎ接ぎだらけの衣を被って寝ているはずなのに、何だか今日はいつもと違って、温かな心地がする──そんなことを思いながら、瞼を開いた。

「……え？」

突然、眩しさを感じた沙夜は何度か瞬きをする。いつの間に眠ってしまったのだろう。

沙夜が身動ぎすると、すぐ傍で何かが動いた気配がした。

「──ん？……ああ、良かった！　目が覚めたのか……！」

安堵する声が響き、自分を覗き込んでくる顔を見て、沙夜の頭は急に覚醒する。

「っ……！　く、玖遠様……？」

きらきらと星が輝いているように、喜びに満ちた瞳を玖遠は向けてくる。

しかし、昨夜のことを思い出し、気恥ずかしくなった沙夜は手元の布を引き上げ、顔を半分隠した。そこで沙夜は羽織が掛けられていることに気付く。

「昨日は本当にすまないっ……。沙夜が俺の手を取ってくれたことがあまりにも嬉しくて、人間が妖力に触れると不調を起こすことを失念していたんだ……」

玖遠は両手をぱんっと合わせて、頭を下げてくる。

「い、いえ……。今は特に不調を感じませんし……」

むしろ、久々にゆっくりと熟睡出来たくらいだ。沙夜が身体を起こそうとすれば、玖遠がすぐに手を伸ばして、背中を支えてくれた。

「あ……ありがとうございます……」

こんな風に何気ないことで気遣われるのは初めてで、どうしていいか分からない。

「……ええっと、あの……。ここは……一体、どこなのでしょうか」

「俺が管理している屋敷だよ。正確に言えば、都の貴族が山奥に建てた別荘を長年放置しているから、勝手に棲み処として使っているだけだけれどね」

沙夜は周囲をぐるりと見回した。室内は沙夜が住んでいた小さな屋敷の造りと似ているが、所々は古くても全体的にこちらの方が明るく感じた。

「そして、今日から君が住む場所だ。ちなみにこの部屋は俺と君の寝所だから」

「寝所……」

だが、沙夜はふと思い出した。

「あ、あの……。もしかして……私が寝ている間、ずっと……お傍に……？」

「もちろん、付きっ切りで沙夜を見守っていたに決まっているだろう？　俺のせいで君は不調を起こしたんだから。……それにもう、夫婦になったんだ。君の夫として責任を持って面倒を見ていたから、安心して欲しい」

　何と返事をすればいいのか分からず、沙夜が困惑していると、彼は楽しげな口調で言葉を続けた。

「沙夜は寝顔も可愛いね。……ああ、今夜からは毎日、君の寝顔を見られるのか。夫の特権というやつだね」

　朗らかに笑う玖遠の予想外の返答に、沙夜は目を白黒させる。やがて、言葉の意味を理解した瞬間、身体の内側から熱が一瞬で沸き上がった。人に寝顔を見られるなんて、幼い頃に乳母に寝かしつけられて以来初めてだ。しかも、見られた相手が玖遠だと意識するだけで、心が乱れてしまう理由が自分でも分からなかった。

　壁越しで会話をしていた時よりも、玖遠の声が明るい気がする。今までとは少し違う気がして、沙夜が戸惑っている時だった。

「はいっ、そこまでですよ、玖遠様！　朝餉の時間です！」

　少女の声が響き、誰だろうと思った沙夜は羽織を少しだけずらした。

　部屋の入り口に立っていたのは、夏虫色の衣を纏っている少女だった。ただし、普通の少女と違って、ふわふわとした白花色の髪の真上に白い獣の耳がぴょんっと立っている。丸くて大きな山吹色の瞳を沙夜へと向けると、彼女は明るい笑みを浮かべた。

「おはようございます、沙夜様っ」

「おはよう、ございます……」

「ご気分はいかがでしょうか？　朝餉は入りそうですか？　沙夜様は人間とのことですので、食べやすいようにと山菜の汁物をお持ちしました」

少女は沙夜の傍まで寄るとその場に座り、両手で持っていた折敷を床の上へと置いた。

折敷の上には、山菜の種類は分からないが美味しそうな匂いがしてくる汁物が入った椀が載せられている。

「気分は……悪くはありませんが、ええっと……」

迷うような視線を玖遠へと向ければ、彼は小さく苦笑しつつ、少女を手で示した。

「彼女は白雪。俺と同じ妖狐だよ。今は人間に変化している状態だけれど……まぁ、うん、色々と妖術を練習中の身だ」

「えっ、もしかして耳が出ています？」

「さっきから、ぴょこぴょこ動いているぞ。あと、尻尾も出たままだ」

「ひゃぁっ、お恥ずかしい……。上手く人間の姿に変化出来たと思ったのに……」

白雪は頬を赤く染めて、動いている耳を自身の手で押さえた。見た目は十二歳程に見えるが、仕草と表情が何だか可愛らしい子だと沙夜は密かに思った。

「沙夜さえ良ければ、白雪を君の付き人にしようと思っているんだ」

「君にとって、ここは知らない場所だ。そんな中で生活するとなれば、何かと不便なこともあるだろう。本当ならば俺が朝から晩までずっと傍にいて、世話をしたいけれど、『頭領』としての仕事もあるからね……」

残念だと言わんばかりに玖遠は小さな溜息を吐いた。

「俺の配下の妖達には君を娶ったことはすでに伝えてあるけれど、人間をよく思っている妖は少ないからね。その点、白雪は人間に好意的だし、沙夜とも気が合うと思うんだ」

紹介を受けた白雪はにぱっと笑顔を見せ、宜しくお願いしますと頭を下げてきた。

「玖遠様のお嫁さんならば、私にとっても大事な方に変わりはないですからね！　しっかりとお仕えいたします。……あ、冷めないうちに朝餉をどうぞ！　味は保証しますよ。何せ、しっかりと味見してきたので！」

朝餉を勧められた沙夜は軽く頭を下げてから、両手でゆっくりと椀を取った。

「そういえば、玖遠様。八雲さんが呼んでいましたよ。他の頭領から便りが届いているので、急いで確認してもらいたいって」

「くっ……。後回しにしたら、八雲の小言が増えるんだよな……。……白雪、沙夜を頼んだよ」

「はい、お任せ下さい！」

「付き人、ですか？」

面倒くさそうな顔で彼は立ち上がり、すぐに戻るからと言って、部屋から出て行った。

「ふふっ、玖遠様がいつもよりご機嫌なのは、きっと沙夜様がいるからでしょうね。……あっ、お喋りばかりですみません！　冷めないうちに朝餉をどうぞ召し上がって下さい」

彼女の言葉に驚いたが、何故沙夜がいるだけで玖遠の機嫌が良いのか、その理由までは分からなかった。

白雪に勧められて沙夜は汁物を口に含んだ。薄味だが実家で出されていた汁物とは違って温かく、身体にゆっくりと優しい味が沁みていく気がした。

「温かくて、美味しい、です……」

沙夜の呟きに対し、白雪は安堵の笑みを浮かべた。

黙々と食事をしている沙夜を白雪がにこにこと眺めてくるため、少し食べ辛かった。やがて食べ終わった沙夜は、久々にお腹が膨れる食事を摂れたことに、ほっと息を吐く。

「……ええと、白雪、さん……？」

「呼び捨てで結構ですよ！　敬語もいりません。私は沙夜様にお仕えする身なので」

「……白雪がこの汁物を作ったの？　とても美味しかったわ。ごちそうさまでした」

「ご満足頂けて、良かったです！　作ったのは料理を担当している別の妖なので、そのようにお伝えしておきますね」

すると白雪は身体を揺らし始め、我慢出来なかったと言わんばかりに、ずいっと沙夜へと距離を詰めてくる。突然だったので、少し仰け反るように驚いてしまった。

「沙夜様、沙夜様っ。お聞きしてもいいですか？」

ぴょこぴょこと動いている彼女の白い耳が気になりつつも、頷き返した。

「人間が食べる『お菓子』には、油で揚げるものや、氷に甘い汁をかけるものがあると聞いたことがあるのですが、本当ですかっ？」

きらきらと希望に満ちた瞳で白雪が問いかけてくる。どうやら人間の食べ物に興味があるらしい。

「……ええ、そういったお菓子があるのは聞いたことがあるわ。油で揚げるお菓子はきっと、『まがり』というものね。胡麻の油で揚げたものは、香ばしい匂いがするそうよ」

「ほわぁ、美味しそう……。……他にはどのようなお菓子があるのですかっ！」

手の甲で出かけていた涎を素早く拭きつつ、白雪は更に膝を進めてくる。

「ええっと……」

しかし、沙夜自身お菓子を食べたことなど、片手で足りる回数しかない。期待に満ちた瞳を向けられても、満足してもらえる回答は出来ないだろう。

答えに詰まっていると低く穏やかな声が聞こえて、ちょうど玖遠が戻ってきたことに気付いた沙夜はほっとする。

「……こら、白雪。あまり、沙夜を困らせるんじゃない。あと、涎が出ているぞ」

玖遠はやんわりと白雪を窘めた。彼は沙夜が恵まれた暮らしを送っていなかったと知っているからこそ、さりげなく気遣ってくれたのだろう。その心遣いを察した沙夜の胸はじんわりと温かくなった。

「はっ！　私ったら、美味しそうなお話で、つい……。沙夜様も、無理強いするように聞いてしまい、申し訳ありませんっ……」

白雪はごしごしと涎を拭きつつ、沙夜に頭を下げる。妖だというから、身構えていた部分もあるが、目の前にいる少女を見ているとそんな気持ちも薄れていく。

「ううん、いいのよ。あなたが楽しんでくれたのなら。……私はあまり美味しいものを知らないから、また今度、白雪が好きな美味しいものを教えてくれる？」

相手を楽しませるための話題を持っていない沙夜が白雪にそう訊ねれば、彼女はぱぁっと内側から光り輝くような笑みを浮かべた。

「そんなことを言われたのは初めてですっ！　私が食べ物の話をすると、皆さんいつも面倒そうな顔をするんですよっ！」

「……白雪は話が長くなる癖があるからな」

ぼそり、と玖遠が呟いていたが、白雪には聞こえていないらしい。

彼女は嬉しそうな表情で沙夜の両手を握り締めてくる。共通の話題で楽しめる相手が今までいなかったのが、寂しかったのかもしれない。

視界の端に映っている白雪の尻尾はぶんぶんと激しく揺れている。何だか、懐かれたような気もするが、それが嫌だとは思わなかった。むしろ、心の奥がくすぐったかった。

「……まぁ、二人が仲良くなったようで良かったよ」

玖遠は苦笑しながら、沙夜の視線に合わせるように膝を立てて座った。

「お喋りの邪魔をするようで悪いが、沙夜の体調が良いならば、さっそく屋敷の中を案内したいんだが……どうだろうか」

「私の体調ならば、もう大丈夫です」

「では、私はお椀を片付けてきます。沙夜様、また時間がある時にお話ししましょう！」

にこりと笑ってから、白雪は椀が載った折敷を持つと、先に部屋から出て行った。

「それじゃあ、俺達も行こうか」

玖遠が右手を差し出してくる。沙夜がそっと触れるように重ねれば、玖遠はぎゅっと握り返し、立ち上がらせてくれた。彼は顔色を窺うように沙夜へと視線を向けてくる。

「ちょっと、緊張しているね？」

玖遠からの問いかけに、沙夜は正直に頷き返した。

「確かに妖達の中には人間を喰う奴もいるけれど……。俺の守護領域——つまり、管理しているこの土地に棲んでいる妖達は人間を喰わないことを条件に、庇護下に入っているんだ。……まぁ、そうじゃなくても、俺が誰にも君に手出しさせたりしないから、安心して欲しい。そのために、君を俺の傍に置くんだから」

そう言って、不敵な笑みを浮かべる玖遠に頼もしさを感じた。そんな彼と目が合った沙夜の心臓はどきりと跳ねて、逃げるように俯いてしまう。

「ん？　沙夜、どうかした？」

「ええっと、その……。まだ実感はないのですが、改めて玖遠様の妻になるのだと思ったら……何だか、胸の奥が慌ただしくて……変な心地がするんです」

まるで、何度も胸を叩かれているようで、気持ちが落ち着かない。

「あの、玖遠様。……世間知らずで至らない点もあると思いますが、どうぞ宜しくお願い致します」

もちろん、これから始まる未知の生活に不安がないわけではない。それでも玖遠と白雪が支えてくれるのなら、頑張ってみようと思えた。

沙夜は自分よりも背が高い玖遠を見上げた後、真剣な表情で頭を下げた。そして再び、視線を元に戻せば、そこには何故か片手で顔を覆っている玖遠がいた。何かに耐えるように小さく唸っている。

「……玖遠様？」

「いや、すまない。……思っていたよりも、俺の妻という言葉が胸に響くなぁと思って」

どういう意味だろうかと首を傾げていると、空いていた沙夜の手を玖遠がさっと引いて、その甲に軽く口付けてくる。

「っ！　く、玖遠様っ？　何を……」

昨夜と同じ仕草とは言え、何となく気恥ずかしさを抱いた沙夜が慌てふためいていると、玖遠は口元をふっと緩めた。

「ただの挨拶だよ。……沙夜。こちらこそ、今日から宜しくね」

玖遠から返されたのは目を閉じたくなる程に眩しい笑みで、沙夜の身体を一瞬にして熱が巡っていった。


「妖の頭領と言っても、俺と同じように守護領域を管理している者は他にもいてね。この場所は斎龍国の南側に位置しているけれど、他にも東には大湖を管理している大蛇族がいたり、都よりも北の山々は天狗が頭領として治めていたりするんだ」

玖遠に屋敷を端から端まで案内されながら、沙夜は妖の世界について教えてもらっていた。妖は本来、人間が去った古い屋敷や寺跡、祠や洞窟など、気に入った場所に勝手に棲むらしい。沙夜が知っている妖はそれまで「玄」だけだったので、あまり群れず、根無し草のように生きているものだと思っていた。

実際に妖の本質は自由気まま、妖力の強さが全ての基準とのことだが、一部の特殊な地域に棲んでいる妖は違うようだ。特に力の強い妖が「頭領」を務め、人間を通さない結界を展開して「守護領域」を管理し、配下の妖達を統率しているという。

玖遠の守護領域は四十町程の広さがあり、結界で山を二つ囲っている。その範囲の中で暮らす庇護下の妖もいる一方で、守護領域外に棲んでいる者達もいると教えてくれた。彼らは守ってもらっているお礼として、時折、野菜や肉などを届けてくれるとのことだ。

「他の土地にも妖は棲んでいるけれど、彼らは俺の庇護下じゃないからね。さっきも言ったように中には人間を喰う奴もいるから、もし見かけても近付かないようにしてね」

「は、はい……」

「それと守護領域内だとしても、屋敷の外に出る時は白雪を連れて行くんだよ」

「お供なら、お任せ下さい！」

胸を張りながら明るく返事をしたのは、厨から戻ってきた後、そのまま一緒に案内をしてくれている白雪だ。身長が沙夜よりも頭一つ分小さいので、つい、白くてふわふわしている耳を撫でてしまいそうになる。

だが、沙夜が何よりも気になっているのは、先程から視界の端に映る、様子を見に来ている妖達の存在だった。玖遠や白雪のように妖狐と呼ばれる種の妖だけでなく、二足歩行している獣だったり、毛むくじゃらで顔がない者だったりと、様々な妖がいるようだ。

彼らから向けられる視線は、決して心地よいものではなかった。壁に隠れるようにしながらこそこそと話しているつもりなのだろうが、しっかりと聞こえている。

「……頭領が人間を娶ったって、本当だったんだ……。うーん、おいら、人間は喰わないけれど、肉付きが美味しくなさそう……」

「俺達はまだ夢の中にいるんじゃないか？　だって、お役目一筋の女嫌いで有名な、あの頭領だぜ？」

「今、朝。夢、違う。でも、確かに、あの人間、貧相……かも？」

「……銀竹、朝尾、紫吹。全部、聞こえているぞ。壁の陰から出てきたらどうだ？」

覗き見しながらお喋りしていた妖達に向けて、玖遠が腕を組みつつ、呆れたような口調で促した。彼らは気まずそうな表情を浮かべながら、沙夜達の前へと出てきた。

灰色の毛並みを持つ妖狐が銀竹で、尾が付け根から二つに分かれている二足歩行の猫の妖が朝尾、そして紫色の尻尾を持つ、鼠に似ている妖が紫吹というらしい。

「全く、覗き見とは良い趣味だな」

「よ、様子見ですよ、様子見！　頭領のお相手はどんな人間かなぁと思って！」

銀竹が苦笑しながら頬を掻いているが、目が泳いでいた。

「……まぁ、良い。屋敷を案内した後、お前達に沙夜を紹介しようと思っていたし」

玖遠が沙夜の背中に手を当てた時だ。

「——あら、紹介なんてしなくて宜しいですわ。人間の小娘如きが頭領様の妻になるなど、私は賛成しておりませんもの」

荒波を立てるような声色がその場に響き、沙夜達は視線を声の主へと向けた。

簀子の曲がり角に隠れていたのか、そこから現れたのは、顔は鼬だが人間のように衣を纏い、二足で立っている妖だった。焦げ茶色で丸い鼻からは髭が伸びており、全体的に茶褐色の毛並みをしている。その妖の瞳が沙夜の姿を捉えるとすっと細められた。

「人間なんて、ずる賢い上に卑怯なことばかりして、我ら妖に害を振りまくだけの存在でしょう？　それをわざわざ娶ろうなど、騙されているのではありませんか」

その妖は沙夜に冷めた瞳を向けてくる。そこには敵意のようなものが宿っており、沙夜は小さく肩を揺らした。

……人間が妖を忌み嫌っているように、妖も人間のことを嫌悪しているのね……。

人間が妖を恐れている理由は知っているが、妖達が人間を嫌悪する理由は分からず、注がれる冷たい視線を受け止めるしかなかった。だが、突如、沙夜の視界が遮られた。玖遠がその妖の視線から守るように背中で庇ったからだ。

「……風香」

玖遠がその妖の名を呼んだ瞬間、ぴしりと屋敷の梁が軋む音が響いた。

周囲の妖達の中には逃げ出す者もいれば、青褪めて立ち尽くしている者もいる。

妖達の様子を見て、はっとした沙夜は顔を上げた。玖遠の横顔がわずかに見えたが、彼は怒りを宿した瞳で風香を見据えていた。金色の瞳は淡く光り、鋭く細められている。彼から漏れ出てくる冷たい空気は、その場を一瞬にして凍らせていた。

彼の横顔はぞっとする程に冷たく、沙夜は驚いて一歩後ろに身を引いた。

「それ以上、沙夜を貶める言葉を発することは許さない。……いいか。彼女は俺が選んだ、たった一人の妻だ。お前が沙夜を貶めるたびに、俺を侮辱することにもなるが分かっているのか？」

「っ……」

有無を言わせぬ圧を含んだ玖遠の言葉に、風香は引き攣った声を小さく上げた。圧に耐え切れなくなったのか、壁に手を突き、身体を支えるようにしながら立っている。

屋敷の中に木々が擦れ合うような音が増していき、その場の空気の重さによって息がしづらくなってきた時だった。

「……落ち着いて下され、玖遠様。このままでは屋敷が倒壊しますぞ」

突如、その場に響き渡ったのはしわがれた声だった。それまで誰もが抱いていた緊張は、諌めるような言葉によって少しだけ和らぐ。

風香の後方からひょっこりと姿を現したのは、よぼよぼとした足取りの犬の妖だった。瞼が開いているのか分からない程に毛深く、衣を纏っており、二足で立っている。

「あなた様の妖力の圧をこの老体で受けると、少しばかり辛いのです。どうか、この真伏に免じて、お怒りをお収め下され」

玖遠は真伏という犬の妖の方に視線を移すと一度目を閉じ、ふぅっと深い息を吐いてから瞼を開いた。それまで宿っていた冷たさと怒りは彼の瞳から消えている。

そのことに沙夜は密かに胸を撫で下ろした。

「……悪かったな。最近は制御出来ていると思っていたんだが」

「いいえ、いいえ、あなた様がその大き過ぎる妖力を制御するために、どれ程修練を積まれたのか、わしは深く存じております。玖遠様が『頭領』として、立派に務めていることも。……ですが、このたびの婚姻はあまりにも唐突なことと」

真伏の声色は穏やかだが、年長の者としての言葉の重みが宿っていた。

「あなた様の結婚はとても喜ばしいことだと思っております。……しかし、相手が人間となると、我ら妖も、はいそうですかとお祝いするのは難しいのです」

真伏は玖遠を見上げていた顔を沙夜の方へと向けてくる。瞼は伏せられているというのに、心の中を見透かされるような気がして、沙夜は自然と背筋を伸ばしていた。

「ここには人間に傷付けられた際に、助けて下さった玖遠様を頼って身を置いている者もおります。そこに人間が一人でも入ってくれば、間違いなく場は乱れますぞ」

真伏が言っていることは正しい。沙夜も自分が彼らにとっての異物だということは自覚していないし、最初から受け入れられるなんて思っていない。

「現に、あなた様のお母君である先代頭領が『婿』を迎えた際も……」

「――真伏」

玖遠が少し苦い表情を浮かべ、真伏の言葉を奪った。もしかすると、彼にとっては触れられたくはない話なのかもしれない。

「……もちろん、先代頭領達が苦労していた話は知っている」

毅然とした態度で玖遠は胸を張りながら、真伏だけでなく、他の妖達にも宣言するようにはっきりりと告げた。

「だが、全て承知の上で、彼女を妻にすると決めたんだ」

そう言って、彼は一歩後ろで控えるように立っていた沙夜へと手を伸ばし、一瞬にして抱き寄せた。

「っ……!?」

密着した身体から伝わる熱と揺らぐことのない熱い視線に沙夜は戸惑い、身動ぎすら出来なかった。

「俺が沙夜を娶ることを祝福しろとは言わない。ただ、彼女に害をなすな。……それだけを各々の胸に刻んでおいて欲しい」

全てを撥ね除けるように、玖遠の声色は真剣なものだった。沙夜のためを思って守ろうとしてくれる彼の想いに、胸の奥が熱くなってしまう。

父の手から逃げたい沙夜は、これまで己のことしか考えていなかったのを恥じた。それ程に、強い意志を宿した彼の瞳は自分には眩しすぎた。

「……そこまで強い覚悟を持って、娶られるというのですね」

「ああ。俺にはもう、沙夜を娶らないという選択はないんだ」

玖遠の返答に、真伏は深く息を吐く。それは呆れではなく、渋々といった様子だった。

「ならば、あなた様のご意思に従いましょう」

真伏は静々と頭を下げる。他の妖達も戸惑っているようだが、沙夜を追い出そうという意思は見受けられない。

だが先程、反する言葉を告げてきた風香だけは違った。沙夜を憎々しげに睨んできており、唇を噛みながら踵を返し、その場を後にした。

「ほら、挨拶は終わりだ、終わり。各自、今日の分の仕事に取り掛かってくれ」

玖遠が手をぱんっと叩けば、妖達は間延びした声を上げながら、それぞれ別の方向へと去って行く。先程までの張り詰めた空気は消え去り、沙夜は縛られていたものから解放されたように、深い息を吐いた。

「……沙夜。さっきから、ずっと固まっているけれど……。大丈夫か？」

玖遠からの問いかけに、沙夜は一瞬だけ肩を震わせる。目の前にいる彼は、心配する顔で沙夜を見ている。そこには冷めた感情は一つも宿っていない。

……今はこんなにも穏やかな表情をしているのに、先程の玖遠様は……まるで別人のようだったわ……。

特に風香を睨んでいた際の金色の瞳は、自分に向けられたわけではないというのに、背筋が凍りそうだった。自分にとっては優しく温かな人だと思っていたが、あの鋭い双眸を見た時、今更ながら彼は妖の頭領なのだと実感した。

「……やはり、妖は怖いか？」

玖遠には沙夜が怯えているように映ったらしい。彼は一瞬だけ寂しそうに目を細めた。

「妖」と呟いたその中に彼自身が含まれている気がして、沙夜は必死に頭を振った。

「いいえっ。そういうわけではないのです」

沙夜は思わず、玖遠の袖をきゅっと握った。

自分の知らない玖遠の一面を見てしまい、少し驚いただけだ。だが、先程の頭領としての玖遠を見ても、怖いという感情は生まれて来なかった。

「確かに妖の中には恐ろしいものもいるでしょう……。ですが、妖は決して、恐ろしいだけの存在ではないと思うのです」

目の前の玖遠のように、心優しい妖がいることを自分は知っている。他にも、と考えた時、脳裏に浮かんだのは玄のことだ。

……あの子は……「玄」は今も元気にしているかしら……。

玄とは二度と会うことは叶わなかったが、沙夜にとっては大事な思い出の一つだ。

「……君は屋敷から出られなかったと聞いていたけれど、妖と会ったことがあるのか？」

訝しむ、というよりもどこか確かめるような問いかけだった。

「実は幼い頃、子狐の妖と親しくなったことがありまして。少しの間、一緒に過ごしただけでしたが、とても楽しくて……。心が満たされる日々をその妖から貰ったのです」

「……そうか。幼い君にとって、その妖との思い出が少しでも輝かしいものだったのなら、俺としても嬉しい限りだ」

沙夜が顔を上げれば、そこには優しい目をした玖遠がいた。

喜ばれるようなことは言っていないはずだが、と首を傾げていた時だ。

「玖遠様。もう一通、便りが届いたのでそちらにも返事を書いて頂きたいんですが」

背後から生真面目そうな声がかかり、振り返った。沙夜よりも少し年上に見える青年は、両手で紙の束を抱えつつ、こちらを見ていた。

よく見ると、青年は橙色の髪を一つに括っており、髪と同じ色の耳が頭にぴょんと生えていた。もしかすると、玖遠と同じ妖狐なのかもしれない。

「ああ、八雲。ちょうど良い時に通ったな。彼女が俺の妻となった沙夜だ」

「……」

八雲と呼ばれた妖は眉を寄せただけで、言葉を返すことはない。何となく、沙夜は彼から歓迎されていない雰囲気を感じ取り、ひとまず頭を軽く下げるだけに止めておいた。

「……とりあえず、早く返事を書いて下さい。以前のように、十日も放置するようなことはなさらないで下さいよ。いい加減にしないと、相手方の気に障ります」

「分かってはいるんだが、返事を書くのは苦手なんだよ」

「だから、こうやって早めに書くようにと申しているのです」

そう言って、八雲は玖遠に紙の束を押し付けるように持たせ、彼の背中を押しながら急かし立てた。

「ああ、もう、分かったから、押すなって！　……お前は真面目で良い奴なんだが、本当に融通が利かないな……」

玖遠は深い溜息を吐きつつ、小さく振り返る。

「沙夜。また後で案内をするから、さっきの部屋で待っていてくれる？　すぐに戻ってくるから」

「あ……。ど、どうか、私のことはお気になさらず……」

玖遠は申し訳なさそうな顔をしていたが、やるべきことをさっさと片付けようと、その場から早足で去っていった。一仕事終えたと言わんばかりに八雲はふっと短く息を吐き、拒絶するような鋭い視線を沙夜へと投げかけてくる。

「……言っておくが、僕はお前を玖遠様の妻として、認めたわけじゃないからな」

「っ……」

八雲はそれだけを言い残し、ふんっと鼻を小さく鳴らして、玖遠の後に付いて行った。

彼の一言に対して、どのように返事をすれば良かったのだろうと沙夜が戸惑っていると、白雪が袖を小さく引いたため、振り返った。どうやら、白雪にも八雲が沙夜へと言い放った言葉がしっかりと聞こえていたらしい。彼女は少しだけ困ったような顔をしていた。

「あ、あの、八雲さんが失礼なことを言ってしまい、申し訳ございません……。特に人間嫌いな方でして……」

「ううん、大丈夫よ。……でも、妖も人間を嫌っている方が多いのね」

「それは……人間達による妖狩りのせいかと」

「妖狩り？」

初めて聞く言葉に、沙夜は首を傾げる。

「えっと、妖に対処出来る術を備えた人間が、妖を捕まえたり、殺めたりすることです」

「……！」

沙夜は思わず漏れそうになった声を出さないようにと、咄嗟に口を両手で押さえた。

……だから、妖も人間のことを嫌っているのね……。

お互いに嫌い合っている理由を知り、それならば八雲が人間の自分に向けた視線の意味も分かる気がした。

「八雲さんはご家族と共に妖狩りに遭ってから、人間を酷く嫌うようになったそうです。その際に玖遠様に助けられて、腹心となったと聞きました。ここには同じように妖狩りの手から逃れてきた者が多いのです」

「……白雪も、その……人間に、傷付けられたの……？」

答えを聞くのが怖かったが、沙夜は恐る恐る訊ねた。白雪は首を横に振りつつ、ほんの少しはにかんだ。

「私はお腹を空かせて倒れているところを玖遠様に拾って頂いたのです。その時、頂いた干し柿が最高に美味しくて……」

白雪は恍惚とした表情を浮かべたが、すぐさま我に返った。

「なので、恩義を受けた以上は返そうと思い、こうしてお仕えすることを決めたのです」

「そういえば先程、真伏さんが玖遠様に助けられた妖は多いって言っていたけれど……。『頭領』というものは皆そうなの？」

「玖遠様はどちらかと言えば、変わっている方ですね。他の頭領達の中には妖力の強い妖を引き抜いて配下にしたり、厳しい上下関係を強いている者もいるそうです」

「でも、白雪達と玖遠様との距離は近いように見えたわ。……玖遠様をただ慕っているだけじゃなくて、お互いの接し方に気安さもあるというか」

「それはきっと、玖遠様の人柄がなせる業というやつですね！　……玖遠様に自覚は無いようですが、お人好しなところがありまして。弱い立場の妖や困っている妖を見つけると放っておけないそうです。なので、そんな玖遠様を慕っている者が集うこの場所は、比較的性格が穏やかで妖力が弱い妖が多いんです」

白雪が語る頭領としての玖遠は、沙夜が知っている彼と似ているようで違うものだ。

……ああ、だから彼らは私に害意を向けてこないのね……。

玖遠は懐が深いだけでなく、弱い立場の者と同じ目線に立っているからこそ、彼らの気持ちに配慮した心配りが出来るのだろう。

たとえ、沙夜のことを妖達が快く思っていなくても、「妻」として迎えられたことに目を瞑ってくれているのは玖遠のおかげなのだと改めて思った。だが、それは「沙夜自身」が認められたわけではないと分かっている。

先程の八雲が沙夜へと吐き捨てるように告げたのは、「人間」である自分が玖遠へと害をなさないか警戒しているからに違いない。

「……玖遠様は本当に、人望がある方なのね」

「はい、とてもお強くて、頼もしい方ですから」

笑って答える白雪も、沙夜が知らない頭領としての「玖遠」を知っているのだろう。

……どうして、あの方は私を妻にして下さったのかしら……。

もちろん、実家から逃げるために手を差し伸べてくれた玖遠には感謝している。それなのに自分を助けてくれた相手のことを何も知らないのだ。

だからこそ、少しずつでいいから玖遠について知りたいと思った。

……そうしたら、いつか、あの方に返せるかしら。今まで貰った優しさや温もりに代わる、何かを……。

今の自分には何もない。けれど、彼の「妻」となったからには、自分も他の妖達のように恩を返すために尽くしたいと思った。

……私も「妻」として、ここで生活していくなら、それに相応することをしないと。でなければ、人間である自分はここに居てはいけない気がしてならなかった。

その日の夜、畳の上で沙夜は玖遠と向かい合わせに座っていた。

妖の中には夜の時間帯になるにつれて活発になる者もいるそうだが、人間と同じように夜に眠る者も多いらしい。玖遠はどちらかと言えば、後者だという。

寝所で沙夜は玖遠に頼み事をしていた。

「つまり、何か仕事が欲しい、と？」

「はい。不慣れ故に迷惑をかけると思いますが、少しずつ覚えていきますので……」

「そうは言っても、配下の妖達に普段から担当してもらっているからなぁ」

彼の「妻」として何が出来るだろうと考えた結果、沙夜は他の妖達のように仕事をもらえないかと玖遠に掛け合った。

この屋敷で共に暮らしている妖達はそれぞれ担当している仕事がある。例えば、守護領域の巡回や部屋の掃除、山菜の採取、他にも作物の栽培といった仕事だ。

「それに君はあの屋敷で、やりたくもないのにずっと無理に働かされていたんだ。……ならば、せめて俺の傍に居る時は、自由に好きなことをしていて欲しいんだよ」

眩しいものを見るように、玖遠は目を細めた。

「……何故、ですか」

「ん？」

「どうして……玖遠様はそんなに、私を気遣ってくれるのですか。あなたは私を助けるために『妻』として、ここに置いてくれるというのに、私は何も持っていないのです……。あなたに何も返すことが出来ないのに、どうして……」

玖遠から次々と渡されるものはどれも温かくて、優しくて、けれど自分には馴染みのないものばかりだ。だからこそ、素直に彼の厚意を受け取っていいのか、戸惑ってしまう。

「それは違うよ、沙夜。……俺はすでにたくさんのものを君から貰っている」

夜の空気にゆっくりと溶けていったのは、心地よい声音だった。

「……どんなに自分が辛くても、自分以外の誰かのために優しさを与えることが出来るのは、並大抵のことではないよ。それは沙夜だけの強みだ。……俺はね、君のその優しさに救われたことがあるんだ」

「私が、玖遠様を……？」

しかし、玖遠を手助けするようなことをした覚えはないため、首を傾げてしまう。

「他者を気遣うことを教えてくれたのも君だ。それまでの俺は自分のことばかり考えて生きて来たから衝撃を受けたくらいだよ。でも、そのおかげで頭領としての俺がいるんだ」

それに、と玖遠は言葉を付け加えた。

「君とこうやって言葉を交わす穏やかな時間は、何よりもかけがえのないものだと思っている。この時間は俺にとって、糧となるものだ。……沙夜はどうかな？」

「……私も、玖遠様とお話しする時間はとても好きです」

「中々、嬉しいことを言ってくれるね。……君が共に過ごす時間を好きだと言ってくれたように、俺にとってもすでに自分の一部となって切り離せなくなっているんだよ。……つまり、それ程に気に入っているってこと」

気付けば、膝の上に置いていた手に、玖遠の手が重ねられている。沙夜が顔を上げれば、こつん、と玖遠と自分の額が軽く重なる音がした。

「君が救いを求め、そして俺はその手助けが出来る力を持っている。……ならば、手を差し伸べるのは当然のことだ。だって、俺は自分の一部を失いたくはないからね」

沙夜の境遇を知り、同情で付き合っているわけではなかったのか。それよりも、自分との時間が彼にとっての一部だと言われたことが、どうしようもなく嬉しいと思った。

「でも……。何か、出来ることはありませんか。玖遠様の『妻』である以上、私も何かをしなければ……」

「焦らなくてもいいんだよ」

玖遠は右手で、沙夜の左頰へとそっと触れた。

「やらなければならないこと、ではなくて……君がやりたいと思うことをこれから見つけていくといい」

「やりたいこと……？」

「何でも良いんだ。……知らなかった花の名を知ったり、食べたことがないものを味わったり、見たかった美しい景色を眺めたり。少しずつ、小さな欲を作っていけばいい。……俺はね、そんな小さな欲を君と共有したいと思ったんだ」

開け放した蔀から入ってくる月明かりが玖遠の顔を照らした。そこには沙夜を慈しむような優しい笑みがあった。

それでも沙夜は玖遠が何故こんな表情を自分に向けてくれるのか、分からなかった。

「要するに君が好きなものを知りたいってことだよ」

「私の……好きな、もの……」

好きなものなんて、ない。いや、分からないのだ、自分のことなのに。

そんな沙夜の様子に気付いたのか、玖遠は頬に触れていた右手で、零れ落ちていた沙夜の髪を掬うように指先に絡めていく。

「ゆっくりでいいからお互いに知っていこう。……今まで二人で築いたものに重ねるように新しく、好きなことを見つけていこう。それが、俺が君へと望むことだ」

「……」

気を張らなくていいのだと、言ってくれているようだった。

……望まれているならば、私も……少しだけ、声を上げてもいいのかしら。

今も心の奥から蘇ってくるのは、かつて父に告げられた言葉。

『――お前は何も望んではならない。お前の望みは誰かを不幸にするものだ』

その言葉を思い出すたびに、ずきりと胸が痛む。

けれど、今だけは違う。玖遠が望んでくれるならば、彼と共に好きなものを見つけてもいいのでは、とほんの少しだけ縛りを緩めることが出来た気がして、沙夜は顔を上げた。

「……それなら、あの……玖遠様と一緒に……外を歩いてみたい、です」

叶うなら、いつも壁越しに玖遠が教えてくれる世界を彼と共に見たいと思っていた。

窺うように玖遠を見上げれば、彼は沙夜の小さな望みの内容が意外だったのか、少しだけ目を丸くし、やがて柔らかな笑みを浮かべた。

「もちろん、いいとも。それなら今度、一緒に屋敷の周辺を散策しようか。色んな草花を沙夜に教えてあげるよ」

玖遠は否定することなく、頷いてくれた。それが何だか心地よくて、胸の奥に新たな熱が生まれた気がした。ああ、そうだった、と沙夜はやっと気付けた。思い出したのは、実家で玖遠と秘密の逢瀬を重ねていた時のことだ。

……この方が私のことを知りたいと仰ってくれたように、私も……玖遠様が「好き」なものを一つずつ知っていきたいと確かに思っていたのに。

それはきっと、自覚していなかった小さな欲だ。何故なら、玖遠が一番好きな花を教えてくれた時、自分にだけ彼の秘密を明かしてくれたようで嬉しかったのだから。

「……楽しみに、しています」

髪に絡められた玖遠の指先に手でそっと触れつつ答えれば、彼は嬉しそうに破顔した。

「――沙夜、すまないっ。せっかく、約束したのに……」

「い、いえ、お気になさらず……」

約束をしてから数日後、沙夜は玖遠と共に散策がてら山菜採りをする予定だった。

先日、玖遠からは何もしなくていいと言われたものの、沙夜は自分にも出来る仕事を探していた。どの妖も自分の持ち場に誇りを持っているようで、彼らの仕事を横取りすることなど出来ない。それなら山菜採りはどうか、と勧めてくれたのが白雪だ。

なので、今日が来るのをとても楽しみにしていたが、玖遠に急遽「頭領」としての仕事が入り、残念ながら約束は流れてしまった。

……玖遠様と一緒に行きたかったな……。

もちろん、心の中で思ってはいても、自ら口に出す勇気はなかった。

「約束した日に限って、一番遠い南側の結界の補強に行かなければならないなんて……」

「仕方ないでしょう。結界を張り直せるのは頭領のあなただけですので」

心底悔しそうな顔をしている玖遠に対して、溜息を吐いているのは八雲だ。

玖遠の守護領域には人間が入れないようにと、常に特殊な結界が張られている。白雪曰く、結界の維持にはかなりの妖力が必要で、並の妖にはとてもではないが頭領は務まらないのだという。だが、それも妖の中でも飛び抜けて妖力が多い玖遠にとっては容易なことのようだ。

「玖遠様の守護領域は広いですからねぇ。毎日ではなくても、巡回しないと結界に解れが出ることもありますし」

白雪が大変そうだと言わんばかりに頷いている。

玖遠が張る結界は強度はあっても時間が経つと少しずつ解れが出るため、彼の配下の妖達に定期的に巡回してもらい、補強する場所を見つけてもらっているらしい。

「ほらっ、行きますよ、玖遠様！」

八雲に引っ張られていく玖遠は、右手を沙夜へと伸ばしてくる。

「沙夜……」

「玖遠様、お任せ下さい！　この白雪が沙夜様のお供となりますので！」

山菜がたくさん生えているところを知っていますから、と白雪は胸を張って答えた。

「俺が一緒に行きたかった……って、おい、八雲っ！　引っ張るな！」

「やることが立て込んでいるんですから、急ぎましょう。それと結界の補強が終わったら、西の頭領から届いた便りに返事を書いて下さい。もう五日も放置しているでしょう」

ぐいぐいと玖遠を引っ張っていく八雲は、相変わらず沙夜に対しては冷たいままだ。さすがに玖遠がいる前では何も言ってこないが、すれ違いざまに小さく睨まれてしまう。

「沙夜様、お外に出る準備が出来たら、さっそく参りましょう！」

白雪はもう、二人で散策に行く気満々だ。玖遠と一緒に行けなかったのは残念だが、白雪と共に行くのも楽しみだ。

沙夜は玖遠に用意してもらった草履を履いて、白雪の後ろに付いて行った。彼女の手にはすでに亀甲編みの竹籠が抱えられており、準備は万全のようだ。

そして、今日の沙夜はいつもと違う衣を着ている。実家では着古した衣を着ていたが、気遣ってくれた玖遠が新しいものを用意してくれた。

淡藤色の小袖の上に薄桃色の衣を纏い、布地が透けている前掛けのような紅梅色の衣を小袖に重ね、紅色の帯で締めているので、ずれ落ちることはない。

最初は自分が着ていいのかと迷ったが、この布の色が似合う者が他にいないから着てくれると助かると玖遠に言われ、戸惑いつつも厚意に甘えることにした。

白雪の配慮で、腰下まで伸びている髪を肩辺りでゆったりと結んでもらったので、とても動きやすかった。

……こんな風に動くことを考えた格好をするのは初めてね。

実家で過ごしていた時とは大違いだと思いつつ、前方を歩く白雪の後ろを沙夜はゆっくりと付いて行く。

……あの屋敷の庭以外、外を歩いたことがないから、何だか新鮮な心地がするわ……。

一歩一歩を踏みしめるようにしながら沙夜は歩いた。これまで玖遠の屋敷から出ることが無く知らなかったが、妖達が暮らしている屋敷の周囲は木々で囲われており、この場所が深い山の中だと知る。

「……ここは都とは空気が違うのね」

春先だからなのか、少し冷たくも感じるが空気が澄んでいるようにも思えた。

「ふふっ、一緒に散策出来て、嬉しいです！　沙夜様を秘密の場所にご案内しますね！」

「秘密の場所？」

「はいっ！　採取のお仕事をしている時に誰にも知られていない穴場を見つけたんです」

本人は気付いていないのだろうが、「人間」の姿に変化しているものの、やはり耳と尻尾は出たままだ。だが、見ているだけで和むのであえて指摘はしなかった。

……玖遠様は私がやりたいことをすればいいと言ってくれたけれど……。他にやりたいことって、見つかるかしら……。

仕事を押し付けられていた日々とは一転して、今の自分は自由というものになったのだろう。だからこそ、何をすればいいのか悩んでしまうし、焦りのようなものがあった。

「沙夜様、一緒にたくさんの山菜を採りましょう！　そうすれば、今日の夕餉が豪勢になりますよ。きっと、玖遠様も喜んでくれると思います！」

「……玖遠様も？」

「ええ、必ずお喜びになると思いますよ」

にこにこと白雪は楽しそうに笑っている。もしかすると、何をすればいいのか分からなくて迷っている沙夜を気遣ってくれているのだろうか。自分の考えすぎかもしれないが、白雪の朗らかさに、いつの間にか気構えていた心が和らいだ気がした。

「私も頑張って、山菜の名前を覚えるから、教えてくれる？」

「……はいっ、もちろんですとも！」

ぱぁっと朝日が差したような眩しい笑顔で白雪は頷き返した。

白雪は外をあまり歩き慣れていない沙夜に配慮してくれているのか、ゆっくりと歩きつつ、どこにどのような山菜があるのかを詳しく教えてくれた。新しいことを知るのは想像以上に楽しくて、沙夜は夢中になって、白雪と共に歩き回った。

「……沙夜様が少し元気になられたようで良かったです」

「え？」

摘んでいた山菜を竹籠へと入れていた沙夜は白雪の言葉に顔を上げる。

「実は玖遠様にお願いされていたんです。自分の代わりに沙夜様を山菜採りに連れて行って欲しいって」

喋ったことは秘密ですよ、と言って白雪は袖で口元を隠しつつ、楽しげに笑っている。

沙夜から楽しみを取り上げないために、こっそりと白雪に頼んでいたのだろうか。

何故か胸の奥が鷲掴みされたように痛い。嬉しいけれど、少し苦しくて。

……でも、私が本当に楽しみにしていたのはあなたと一緒にいることだったんですよ。

今はここにはいない玖遠に向けて、沙夜は心の中で呟く。

沙夜は白雪の視線から逸れるように腰を落とし、生えている山菜へと手を伸ばした。

「それなら、今日はご一緒出来なかった玖遠様のためにもたくさん山菜を採らないといけないわね」

山菜採りを続けていると、白雪が明るい声を上げた。

「――あ、沙夜様！　芹がありましたよ！　おひたしにするととっても美味しいんです。……でも、似ている毒草も近くにあるので気を付けて下さいね」

「白雪は本当に山菜に詳しいのね」

沙夜が素直に褒めれば、白雪は白い耳と尻尾を揺らしながら、小さくはにかんだ。

「実はこれ、八雲さんからの受け売りなんです。色々と教えてもらいました！」

「……八雲さんはその……意外と、世話焼きな方なの……？」

頭領の玖遠を常に補佐している八雲の仕事ぶりは几帳面そのものだ。しかし、仏頂面しか見たことがないので、白雪の言葉を聞いた沙夜はぎこちなく訊ねてしまう。

「八雲さんはお小言が多くて怖く見えるかもしれませんけど、分かりにくいだけで本当は面倒見がよくて優しい方なんですよ。例えば、料理担当じゃないのに、私が食べたいものを希望すれば、文句言いながらも作ってくれますし」

「それは……確かに、優しいわね……」

白雪の話を聞き、やはり相手のことを知るのは大事だと、改めて思った。

八雲のように人間を嫌っている妖はいるだろう。けれど、歩み寄ってくるなとは言われていない。

……今はお互いに距離があるけれど……。玖遠様や白雪以外の妖とも、少しずつ親しくなりたい……。

妖達に頭領の「妻」としてすぐに認めてもらいたいわけではない。ただ、自分は玖遠や他の妖達に害をもたらす「人間」ではないと、それだけは分かって欲しいと思った。

とりあえず、妖達に自分から話しかけるところから始めてみようと密かに決意した。


それから暫く、二人であちらこちらを歩いては春の山菜を採って行った。休み休み採取していたので、気が付いた時には日が高くなっていた。

「ふぅ……」

沙夜は小さく息を吐きながら、立ち上がる。屈んでは立ち上がることを繰り返していたので、少し腰が痛くなってしまった。

「白雪、この蓬も竹籠に入れてくれる？　……白雪？」

沙夜は蓬を手にしたまま、周囲を見回した。先程まですぐ傍に竹籠を抱えた白雪がいたはずだが、姿が見えない。

「あら……？　……白雪、どこに行ったの？」

声を大きくしながら名前を呼んでも近くにはいないのか、白雪からの返事はない。

「……もしかして山菜を採るのに夢中になっていて、白雪とはぐれてしまったのかしら」

初めて山に入った沙夜にとっては周囲を見ても同じ景色にしか見えない。木々に遮られているので遠くを見通すことも出来ず、屋敷がある方向さえ分からなかった。

「どうしよう……迷子になるなんて……」

とりあえず、沙夜は蓬を自身の衣の袂に入れておくことにした。

きっと自分が近くにいないと知れば、白雪は驚き、心配するだろう。しかし、下手に動いて、山の中で更に迷子になるような事態だけは避けたい。

それまでは白雪と楽しく山菜採りをしていたので気付かなかったが、山の中に一人でいるのは思っているよりも怖い。自分の声が反響するだけで、あとは全て自然の音だ。がさがさと草を揺らす音が聞こえるたびに、沙夜の心には不安が蓄積されていく。

『――よ』

ふと、声が聞こえた気がして、沙夜は思わず顔を上げた。白雪が自分を呼んでいるのだろうかと思い、耳を澄ませた。

『神子よ。神子よ。尊き龍の、愛しき者よ。こちらへ……こちらへ……』

「えっ？」

沙夜が周囲を見回しても、声の主らしき姿は見当たらない。

……でも、声がする方向がどちらからなのかは分かるわ……。

『こちらへ……』

声色からでは男なのか女なのか分からないが、その声音は友に呼びかけるように穏やかだった。そのせいなのか、怖いという感情は出てこなかった。

……この声を聞いていると、何故か……懐かしい気持ちになってしまう。

自身を呼ぶ声の主が気になった沙夜は、そちらへと足を向ける。歩みを進めるたびに、空気が変わっていくのが肌で感じられた。

……柔らかくて、温かな空気が流れてくる。この感じ、どこかで……。

それは玖遠の妖力を纏った時に感じた、頭がぼんやりとしてくる温もりに似ていた。

小さな風が吹き、木々の間を薄紅色の何かがすり抜けていく。歩んでいる獣道の先は開けた場所になっており、沙夜は木々の隙間を覗くように視線を向けた。

「わぁ……」

視線の先に佇んでいるものに、沙夜の瞳は釘付けとなった。畳が横に二枚並んだ程に太い幹の巨木がそこには立っており、枝には淡く発光している薄紅色の花が咲いていた。

『龍の神が愛おしむ者……龍穴の神子よ……。久方ぶりの訪問、大変良きことなり……』

その言葉を聞いた沙夜は、先日「いとし子」と呼ばれたことを思い出し、ほんの少し胸がざわついてしまう。だが、今それよりも気になるのは自分を呼んだ相手のことだ。

どうやら、声の主はこの巨木のようだ。いくら沙夜が世間知らずでも普通の木が言葉を話さないことぐらい知っている。どうしてこの巨木は沙夜を懐かしそうに呼ぶのだろう。

……でも、龍穴の神子って……何かしら。

それが何を意味しているのかは分からないが、そんなことよりもこの美しい景色を間近で眺めたいと思った沙夜は一歩、巨木へと近付いた。

はらり、はらりと薄紅色の花びらが散っていく様は沙夜を招いているようにも見えた。

……綺麗……。

まるで引き寄せられるように無意識にもう一歩、前へと進んだ時だった。

「──それ以上、進んだら駄目だよ」

耳元で囁く声と共に、沙夜の身体は動けなくなってしまう。

はっとして、小さく振り返れば、そこには自分を抱き締める玖遠がいた。引き留めるように腹部に腕が回されており、沙夜の肩は玖遠の右手によって掴まれていた。

「く、玖遠様っ？」

突然、顔が近くなったことで、心臓が跳ね上がってしまう。

「な、何故、ここへ……？」

「君を捜しに来たんだよ。……仕事が終わって屋敷に戻れば、血相を変えた白雪が走ってきて、沙夜を見失ったって言うから、君に纏わせた俺の妖力を辿って来たんだ。……まぁ、こんなところにいるとは思わなかったけれど、何とか間に合ったようだね」

「間に合う、とは……どういうことですか？」

「ここから数歩先には強固な結界が張ってあるんだ。侵入を試みる者に攻撃を仕掛ける術を施しているから、沙夜がこの先に進まなくて本当に良かった……。……それにしても、こんな山奥まで道に迷わずによく来られたね」

玖遠は心底不思議に思っているのか、首を傾げている。

「えっと、その……何故なのか分からないのですが、身体が引き寄せられる心地がしたんです。それと私を呼んでいるような声が聞こえて……」

「……声？」

「はい。……まるで、私の訪れを歓迎するように、何度も『神子』、と……いえ、『龍穴の神子』と呼んでいました。その声につられるように歩き進めていたら、いつの間にかこの場所に辿り着いていたんです」

素直に沙夜は答えたが、改めて不思議なこともあるものだと思い返した。

しかし、目の前の玖遠の表情が一瞬だけ強張ったのを、沙夜は見逃さなかった。

「玖遠様？」

玖遠は沙夜から離した右手で口元を覆い、何か難しいことを考えているような表情を浮かべていた。

「……沙夜。『呼ばれた』ことは誰にも話してはいけないよ」

「え？　ですが……」

言葉を続ける前に、玖遠の右手の人差し指がぴたりと沙夜の唇へと添えられたため、それ以上は話すことが出来なくなってしまう。

「二人だけの秘密。……ね？」

玖遠から向けられる微笑を真正面から受けた沙夜は、口の中が甘いもので満たされたような心地になった。そのまま直視することは出来ず、こくりと頷き返せば、唇に添えられていた指先はやっと離れていった。どうやら沙夜の返答に満足してくれたらしい。

……でも、何故かしら。玖遠様の表情が、それ以上は聞かないで欲しいと言っているみたいに見えたわ……。

気のせいだとは思えなかったが、沙夜はそれ以上問いかけることが出来なかった。

「それじゃあ、屋敷に戻ろうか。白雪も君の帰りを待っているだろうし」

白雪の名を聞いて、沙夜は彼女のことをはっと思い出した。

「……あの、迷子になってしまって、申し訳ございませんでした。ですが、白雪をどうか、叱らないで下さい……っ。私がつい山菜採りに夢中になって、白雪から離れてしまったのが悪いのです……」

後で白雪に謝らなければと思い、沙夜が身体を縮めていると、玖遠がぽんっと背中を軽く叩いてくる。

「沙夜が無事だったんだから、白雪のことは大目に見るとするよ。……でも、もう一人にならないようにね？」

白雪が叱られないことに胸を撫で下ろしつつも、玖遠からの注意を真摯に受け止めた沙夜は強く頷き返した。

すると玖遠はお互いの手を絡めるように握ってくる。恐らく、沙夜がこれ以上、迷子にならないようにと配慮してくれているのだろう。

「あの……差し支えなければ、先程の巨木の名前を教えて頂くことは出来ますか？　花びらが散っていく様が見入ってしまう程に美しくて……。せめて名前だけでも知りたいのです」

「……そうか、沙夜は桜の樹を見たことがなかったね。……でも、桜は桜でも、あの巨木は普通の桜じゃないんだ。『常夜桜』と呼ばれている植物型の妖だよ」

「ええっ……。植物の妖、ですか？」

驚いた沙夜はぽっかりと口を開けてしまう。妖と言っても、色んな種がいるのだと改めて思った。

「季節に関係なく咲き続けていて、しかも妖達にとって妖力の源となる存在なんだ。その場から動くことは出来ないけれど、常に濃い妖力を放出しているから、妖力に慣れていない人間が近付くと中てられて不調を起こす場合もあるんだ」

「そうだったのですね……。あれ程美しいのに妖にとっては益のあるもので、人間にとっては害となるなんて……」

近くで見られないことを残念に思いつつ、沙夜は玖遠と共にその場から離れ、屋敷に向かって歩き始めた。

「人間側にとっても有益な特性は持っているけれど、かつて、それが原因で人間と妖は常夜桜を巡って争ったこともあるらしいよ」

「人間と妖が……」

「今はもう、数本しか残っていない。簡単に本数を増やせるものじゃないから、これ以上、常夜桜を失うことになれば、妖達は妖術が使えなくなるだろうな……。妖力というものは妖にとっては誇りでもあり、己の力を周囲に示すものでもあるから、そんなことになれば混乱どころじゃ済まないだろうね」

玖遠は背後の常夜桜へと振り返った。その瞳には揺るぎ無い何かが宿って見えた。

「妖にとっては要なんだ、常夜桜は。だから、伐採されたり、悪用されたりしないように守っているのが各地の妖の頭領達、というわけだ。頭領達は常夜桜を守るために常に結界を張り、己の守護領域内に侵入する者達に睨みを利かせているんだ」

「つまり、玖遠様も常夜桜を守っている方の一人で、とてもお強いということですね」

ふと思い出したのは、先日、妖達と顔を合わせた時のことだ。風香の発言に玖遠は圧を浴びせていたが、その際の妖達の瞳には畏怖のようなものが浮かんでいた。

沙夜は玖遠の一部しか知らないが、きっと想像しているよりも強い妖なのだろう。それでも彼のことを恐ろしいと思えないのは、共に過ごした時間の中で積み重ねられた親しみと信頼のような感情を彼に抱いているからかもしれない。

「まぁ、守っているだけで、甲斐甲斐しく世話をしているわけではないけれどね」

玖遠は何てこと無さそうに笑っているが、守り続けることはきっと大変に違いない。

頭領としての責務を果たし続ける玖遠が遠くに感じられ、眩しく思えた。


玖遠と共に歩いていると木々の間に屋敷の屋根が見え始め、沙夜は安堵の息を吐いた。

「玖遠様、屋敷まで案内して下さり、ありがとうございました」

「このくらい構わないよ。それに結果的には沙夜と散策する約束を果たせたからね」

すると、屋敷の方から声が響いた。

「うわぁぁんっ！　沙夜さまぁぁ！」

こちらに走ってくるのは白い毛並みの細身の狐だった。白い狐はそのまま、ぽふんっと沙夜の胸へと飛び込んでくる。

沙夜が玖遠の方に視線を向ければ、彼は仕方なさそうに肩を竦めていた。

「変化は妖術の一つだからね。心が激しく乱れれば、解けてしまうんだ」

つまり、この狐こそが白雪の本来の姿なのだろう。

「お傍を離れて、申し訳ございませんでしたぁ！　山菜採りに夢中で、つい目を離してしまいましたっ……！」

丸い山吹色の瞳からは、ぽろぽろと涙が零れていた。沙夜が山の中で迷子になったことは、決して白雪のせいではないというのに、きっとたくさん心配してくれたのだろう。

……何故かしら。胸の奥がじんわりと温かな心地がする……。

沙夜は優しい手付きで白雪を抱き締めた。

「心配してくれて、ありがとう。……玖遠様がすぐに見つけてくれたから、大丈夫よ」

密かに触りたいと思っていた白雪の耳はふわふわしていて、触り心地が良かった。

「──全く！　人間如きが玖遠様に迷惑をかけるなど！」

白雪が走ってきた後方から、不機嫌さを隠すことなくやって来たのは八雲だった。

「白雪、君もだ！　食べ物に関することに夢中になると周りが見えなくなるからな！」

「ひゃぅ……。仰る通りです……。すみません……」

八雲の叱責に、沙夜の腕の中の白雪は更に身体を縮めた。

「そんなに怒らなくても良いだろう、八雲。俺は別に迷惑をかけられたなんて、思っていないし。……でも、白雪は今後、注意すること。沙夜の傍から離れないようにしろよ？」

「うぅっ……。以後、気を付けます……」

「玖遠様はその人間に対して、甘過ぎるのです！　付け上がりますよ！」

「構わないよ。……まぁ、本音を言えば、沙夜には好きなだけ、甘えて欲しいけどね」

にこりと玖遠は笑いかけてくるが、沙夜は曖昧な表情を返すしかなかった。甘える、ということがどのようなことなのか、あまり分からなかったからだ。

「でも、沙夜様が本当にご無事で良かったぁ……。……あれ？　髪に花びらが……」

白雪の指摘を受け、玖遠がすぐに沙夜の髪に引っ掛かっていた薄紅色の花びらを取ってくれた。

「もしや人間、常夜桜を狙って……！」

嚙み付きそうな勢いで八雲が吠えるも、玖遠は呆れたように肩を竦めた。

「こら、八雲。そうやって、すぐに決めつける癖は直した方がいいんじゃないか？　……沙夜はただ迷って、辿り着いた先が常夜桜だっただけだ」

「なっ、玖遠様はその人間を信じ過ぎです！」

「えぇっ！　常夜桜の方に行っていたんですか！　沙夜様も玖遠様から常夜桜には近付かないように言われていると思って、別の場所で捜していました……」

八雲に重ねるように白雪は声を上げる。彼女の言葉に沙夜は首を傾げた。

……常夜桜は妖にとって妖力の源になるものだと玖遠様は言っていたけれど……。

妖も近付いてはいけないのかと疑問に思っていると、玖遠が会話を遮った。

「……白雪。沙夜も長い時間歩いて喉が渇いているだろうから、松の葉で茶を淹れてやってくれないか」

労わりの言葉をかけられたはずなのに、何かが区切られたように感じた。

「はいっ、かしこまりました！　沙夜様、一緒に厨へ行きましょう！」

「え、ええ……」

白雪は沙夜の腕からぴょんと飛ぶようにしながら地面へと着地し、厨へ行こうと促してくる。玖遠の方へと振り返れば、彼は肩を竦めて沙夜を見送っていた。

「一緒に茶を飲みたいところだけれど、まだ仕事が残っているから、同席出来ないんだ。

──八雲。便りの返事を書くから、銀竹に届けるように頼んでくれないか」

「分かりました」

「──あれっ。沙夜様？　どうしましたかー？」

気付けば、白雪は先へと進んでいた。

「あ……。今、行くわ」

　そう答えつつも、沙夜は靄がかかった心地がしてならなかった。

　頭の中に刻まれたのは、二つの言葉。

……清宗という人が言っていた「いとし子」……。そして、常夜桜が私を指して言った「龍穴の神子」……。

　何故か気になって仕方がない。本当に全く関係がない言葉なのだろうか。

……玖遠様は何か知っているようだったけれど……。

　だが、玖遠に訊ねても答えてくれる気がしなかった。何故なら先程、常夜桜の話をした際に、はぐらかされたように感じたからだ。

……いつかまた、機会があれば聞いてみよう……。

　でなければ、心の内で渦巻くものが鎮まる気がしない。

　玖遠の態度を疑問に思いつつも、沙夜は白雪の後を付いて行った。


　人間の姿に再び変化した白雪に案内され、沙夜は初めて厨の中へと入った。

　しかし、そこには先客がいた。

「……嫌だわ。こんなところにまで人間が入ってくるなんて」

そう告げたのは、先日沙夜に冷たい視線を投げかけていた風香だった。どうやら、沙夜達と同じように飲み物を貰いに来たらしく、その手には椀が握られていた。

「むっ！　風香さん、どうしてそんな言い方をするんですか？　たとえ人間でも、沙夜様は玖遠様が選んだ方ですよ」

白雪が自分のことのように胸を張って反論すると、風香は顔をぐしゃりと顰めた。

「だって、私は認めていないもの。……全く、頭領様もどうしてこんな方を娶ったのか、理解出来ないわ」

「……あの、風香さん」

沙夜を嫌悪しているのは分かるが、少しだけでも距離を縮めることが出来ないかと思い、勇気を振り絞って声をかけてみる。

風香が話しかけるなと言わんばかりに睨んできたため、沙夜は口を噤むしかなかった。

彼女は萎縮する沙夜を鼻で笑い、厨から出て行った。

「……沙夜様！　気にしなくていいですからね！」

白雪は頬をぷくっと膨らませながら、お茶を淹れるために袖を捲り上げていた。

「風香さん、きっと嫉妬しているんです。……本人は口にしていませんが、玖遠様に気があるような素振りを見せていたので……」

つまり、自分は風香にとって憎らしい相手、ということだろうか。

「そうだったの……。それなら、きっと私のことがお嫌いでしょうね……」

「……八つ当たりみたいなことが何度も起きるようでしたら、私から玖遠様に一言、お伝えしておきますよ？」

「ううん、いいのよ。……仕方がないことだもの」

沙夜は白雪に言葉を返したが、最後の一言だけは自分に言い聞かせるように呟いた。

白雪は手慣れたように、大きな水瓶から柄杓で水を掬って、空いていた鍋へと注いだ。竈の火はすでに点いているようで、鍋の中の水を少しずつ温め始める。

「そういえば、お身体は大丈夫でしたか？　常夜桜に近付いてしまったようですが……」

白雪は沙夜が迷子になったことをまだ気にしているのか、窺うように訊ねてくる。

「玖遠様が近付く前に止めてくれたから、大丈夫よ」

そう答えつつも、沙夜はふと気になったことが頭を過ぎってしまう。

「……ねぇ、白雪。常夜桜は植物型の妖だと聞いたけれど、他の妖と同じように言葉を話すの？」

玖遠からは「呼ばれた」ことは二人だけの秘密だと言われたが、常夜桜について訊ねてはいけないとは言われていない。沙夜自身も巨木が言葉を話すことには懐疑的だったが、それを玖遠には訊ねられず、あの声の主が常夜桜だったのかは確認出来ないままだ。

「えっ、常夜桜ですか？　うーん……。そのような話は聞いたことはありませんねぇ」

白雪の反応を見るに、常夜桜は言葉を話さない存在として妖達の間では認識されているのだろうと察した。

……それなら、あの声は私だけに聞こえたものだったのかしら……？

だが、抱いた疑問を口に出すことは出来ず、靄がかかった心地がしてしまう。

「それに不用意に近付いて、常夜桜の下に流れている龍脈を乱すわけにはいかないので、玖遠様からは常々、近付かないようにと言われているんです。何せ、常夜桜は龍脈の上でしか、咲きませんから」

「だから、配下の妖も常夜桜には近付かないようにしているのね……。……でも、『龍脈』……って、どんなもの？　目に視えるの？」

初めて聞く言葉に沙夜が首を傾げると、白雪は頬に人差し指を当てつつ答えた。

「うーん、私達の目には視えないものですね。ええっと、話をすると長くなるのですが、龍脈を生み出しているのは、大地の奥底に眠っていると言われている龍神なんです」

「あ、龍神についてならば、聞いたことがあるわ。この国の守護神のことでしょう？」

幼い頃に乳母が御伽話として教えてくれたものだが、今もあやふやながら覚えている。

遥か昔、国生みの時代、自然の力が集まって生まれた「龍神」と「邪神」が戦った話だ。

龍神は地上の生命あるものを守るために、邪神は全ての生命を一度破壊し尽くして国生みをやり直すために戦ったという内容だ。邪神との戦いによって傷付き、疲れた龍神は今も大地の底で眠っていると言い伝えられている。

「そうです、その龍神です。何故、この龍神が今も守護神と呼ばれているのかと言うと、龍神の身体からもたらされる恩恵の経路こそが龍脈と呼ばれるものだからです」

白雪は説明しつつ、いつの間にか用意していた松の葉を沸いたお湯の中へと入れた。

「人間も妖も、この龍脈を使って、栄えてきたと言われています。なので、常夜桜がある場所に限らず、龍脈が通っている土地を縄張りにしている妖は多いんですよ。まぁ、その場所を巡って小競り合いもあるようですが」

「龍脈は視えないのに、地面の下に通っているって分かるものなの？」

「ええ。龍脈が通っている土地は、他の場所と比べると冬でも実りが豊かですから。……例えばですが、この屋敷の下にも龍脈が通っているそうなので、畑の作物は枯れることなく順調に育ちますし、山の中で採れる山菜もすぐに次の芽が生えてくるんですよ」

どうやら、この土地はとても特別な場所だったらしい。

「詳しいのね。おかげで常夜桜だけじゃなく、龍脈についてもとても勉強になったわ」

沙夜が素直に褒めると、白雪は胸を張りつつ得意げに答えた。

「妖ならば、これくらいは常識ですよぉ。……本当は八雲さんに教えて頂きましたが」

白雪の最後の一言は聞かなかったことにしてあげた。

「……あ、白雪。摘んできた蓬はどこに置いたらいいかしら」

沙夜は袂に入れていた蓬を取り出しつつ、訊ねる。

「この竹籠に入れておいて下さい。……ふふっ、今日の夕餉は山菜尽くしですね！」

まだ昼前だというのに夕餉に期待している白雪を、沙夜は微笑ましそうに眺めた。

そして、白雪に気付かれないように沙夜は静かに溜息を吐く。

……どうして、あの常夜桜は私を呼んだのかしら。常夜桜と話をしてみたいけれど、玖遠様からは近付いてはいけないと言われているし……。

沙夜は浮かんだ疑問を胸の奥に押し込めるしかなかった。


信じたくはなかった。彼が人間を娶るなど、きっと気の迷いだと思っていた。

見た目は冷たそうに見えるが、他の妖の頭領と違って、玖遠は打算などなく、弱い相手に手を差し伸べてくれる心優しい性格だ。

自分も昔、崖から落ちて怪我をして動けなくなっているところを玖遠に助けられた。それ以降、妖力の強さなどを見込まれて、彼の腹心として仕えていたが、暫くしてその座に収まったのは妖狐の八雲だ。

本音では居場所を奪われたようで腹立たしかったが、自分だけが彼にとっての特別ではないことは分かり切っていた。ただ、彼は妖や常夜桜のことを常に考えているだけだ。責任感のある頼もしい頭領のことを誇らしいとさえ思っていた。

だから、玖遠が人間を娶ったと聞いた時、何の冗談かと鼻で笑った。

それなのに玖遠は飽きるどころか、愛おしくて仕方がないと言わんばかりの表情をあの人間の小娘に向けるのだ。自分は、そんな笑みを向けられたことは一度もないのに。

心の底から沸き上がってくる憎らしさを何とか制御しつつも、顔を顰めた。

「──あの人間の娘が『龍穴の神子』？　俄かには信じがたい話ですが……」

つい、いつもの癖で気配を消しながら屋敷の中を歩いていた時だ。

頭領の部屋から聞こえてきたのは八雲の声だった。耳が良い自分は距離があってもその声や話している内容がはっきりと聞こえた。

「沙夜は確かに『呼ばれた』と言っていた。俺達、妖には全く聞こえないが、伝承によると神子は常夜桜の声を聞き取ることが出来るらしい」

八雲の声に言葉を返したのは玖遠だ。

気配を消している最中は妖術を使わない限り、誰にも見つからないと自負しているが、「龍穴の神子」という言葉を聞いた時は、喉の奥から声が出そうになった。

「……玖遠様がそう言うならば、信じましょう。ですが、他の者には伝えない方がいいかと。年若い妖達は神子について知らない者が多いですし、知っている者からすれば……余計な争いを生みかねませんよ」

「ああ、分かっている。だから、お前だけに話しているんだ。……俺の妖力を纏わせているとは言え、沙夜は生身の人間だ。害意を向けてくる者がいないとは限らないからな」

「それで守護領域の結界を更に強化する、と」

「念のためにな。それと人間を喰うような妖が守護領域内を通る時があれば、俺に伝えて欲しい」

「守護領域内の妖の移動は基本的に自由ですからね……。巡回を担当する者に伝えておきます」

その密かなやり取りは自分にとって、衝撃的なものだった。玖遠の言葉はまるで、彼女だけが「特別」だと言っているように聞こえたからだ。今まで、玖遠が「個人」を特別扱いしたことはなかった。いつだって彼は妖達を平等に——。

そこで、気付いてしまう。あの小娘がこれまでの玖遠を変えてしまっていることに。

……神子。龍穴の、神子。あの憎らしい、小娘が……。

自分は伝承の類としてその存在を知っている。確か、過去には神子を巡る争いがあったはずだ。人間同士だけでなく、妖同士でも行われた血なまぐさい争いが。

……あの小娘はきっと、玖遠様にとって「害」になる。

ならば、玖遠の配下である自分は彼女を排除しなければならない。そう決意した瞬間、溜まり続けていたどろどろとした感情が、身体の細部にまで伝わっていく。

これは玖遠のためだ。きっと、玖遠にとっての悪い芽を摘み取れば、彼も自分のことを見直し、再び傍に置いてくれるようになるはずだ。

そう思い至った風香は、にぃっと口元を歪めた。

三章 ✿ 妖の夜市

「――あら？　ねぇ、白雪。今、水面の下で何かが光ったわ」

沙夜が川の水面に向けて指で示せば、隣に立っている白雪が得意げに答えた。

「沙夜様、それは魚ですよ！　魚の鱗が日の光に当たって反射したんです。この川は棲んでいる魚の種類が豊富でして……。塩を振って、こんがり焼く食べ方がおすすめです！」

「白雪は本当に食べることが好きなのね」

常夜桜と出会ってから、七日程経ったとある日、沙夜は白雪と共に守護領域内にある川へと来ていた。

自身を「龍穴の神子」と呼んだ常夜桜に聞きたいことは色々あるが、あの巨木が妖達にとって大事な存在である以上、迂闊に近付くことは出来ない。

……これ以上、妖達の疑心を煽るようなことをしたくはないし……。

だが、悩みの種はそれだけではない。穏やか過ぎる日々を送っているからこそ、時折、頭に浮かぶのは父や清宗の存在だ。今のところ彼らからの接触はないが、安らぎとも言える日常は実は幻で、いつか終わってしまうのではないかと怯えずにはいられなかった。

……私を守ると約束して下さった玖遠様のことを確かに信じているはずなのに……。

つい、両腕で自分の身体を抱き締めた。沙夜自身が大事なのではなく、沙夜が持つ不思議な力に執着しているからこそ、父が自分を諦めるなんてことは考えられなかった。

そんな沙夜の不安を何も言わずに覚ってくれているのか、玖遠はほぼ毎日、広い守護領域を覆う結界を強化しに向かってくれていた。玖遠は沙夜に、頭領の仕事の内だと言って、何でもなさそうに笑っていたが、自分のためだと気付かないわけがなかった。

……胸の奥が、少しだけ息苦しいのは何故かしら。

玖遠に気遣われたり、優しくされるたびに妙な心地になるのだ。それ以外にも、彼が傍にいないというだけで、少し寂しさを感じてしまうことを不思議に思っていた。

もちろん、玖遠が沙夜に何かを線引きしているのは分かっている。それでも、心の中は玖遠のことばかり考えてしまうのだ。まるで、彼に心を囚われているように。

「——おおっ！　あの魚、食べ応えがありそう……！　煮付けもいいですね……」

白雪の声が響き、沙夜は現実へと戻ってくる。今日は川を見たことがない沙夜のために、白雪が川へ行こうと誘ってくれたのだが、彼女のお目当ては川を見ることではなく、魚を捕ることだ。

また、玖遠は仕事の他にやることがあって、付き添えないと残念がっていた。

「それにしても川って、本当にすごいのね。ずっと、水が流れっぱなしなのでしょう？一体、どんな仕組みなのかしら……」

出掛ける前に玖遠から、川は水位が深く水はとても冷たいので入ってはいけないと注意されたため、沙夜は指先で水面に触れるだけに止めておいた。

夏になれば、妖達は涼むために川で泳ぐこともあるらしい。泳ぐ、ということがどのようなことなのかは分からないが、夏がくるのが楽しみだ。

「……それにしても、八雲さんが付いて来るなんて、思っていませんでした」

「君達に同行したわけじゃないっ。目的地が一緒だっただけだ！」

白雪の言葉に反論したのは、壺のような形の竹籠を抱えた八雲だ。沙夜もまさか、自分のことを嫌っている八雲が川へと同行するとは思っておらず、内心では驚いていた。

「何せ、玖遠様は魚料理がお好きだからな。君達だけでは満足する量の魚は捕れないだろうと思って、今日の夕餉のおかずのために来ただけだ！」

「そんなことを言って、本当は心配だから付いて来ただけなのでは……。大丈夫ですよ、自分の身長よりも水位が深い川に、泳げない沙夜様を連れて入るなんてことはしませんから。しかも、今は春先ですよ？　普通に考えて、冷たくて泳ぐどころではありませんし」

「なっ……！　ちがっ……！」

肩を竦めながら答える白雪に、八雲は小さく睨みつつ反論しようとしていたが、言葉が見つからなかったようで、唇を噛んでいた。

「……仕方ないだろう！　僕は人間が大嫌いだっ。だが、玖遠様が選んだ相手に何かあってはならないだろう！　白雪は食べ物を見つけると注意が疎かになるし！」

八雲は開き直ったのか、不機嫌そうに鼻をふんっと鳴らしつつ答えたが、その頬は少しだけ朱色に染まっていた。どうやら白雪の指摘は図星だったらしい。彼女が八雲を見る瞳には、どこか生暖かいものが含まれていた。

白雪が八雲は面倒見がいいと言っていたが、本当だったらしい。

「八雲さんは生真面目な方なのね。……玖遠様を心から慕っているとはいえ、嫌いな人間を気にかけるなんて、中々出来ないことだわ」

「……はぁ？」

「あー、確かに嫌いな方の相手をするのは億劫ですよねぇ。……八雲さんはその点、嫌いだと言いながらも、世話焼きな性格が出てしまうんですよね」

沙夜に同意するように白雪は深く頷いている。

「っ……！　それは褒めているのか、それとも貶しているのか、どっちだ！」

「ほ、褒めています……。お気に障ることを言ってしまったでしょうか……？」

沙夜が素直に答えれば、八雲は不本意そうに苦々しい表情を返してきた。睨んでいるわけではないが、やはり機嫌は悪そうなままだ。

「あ、これは八雲さんの照れ隠しです」

「白雪ぃっ！」

「これも照れ隠しです」

普段から親しいのだろう。二人のやり取りは暫く続いたが、やがて先に折れたのは八雲だった。彼は疲れた表情になっており、どうやら白雪に言い返すことを諦めたようだ。

「……それじゃあ、僕が風で魚を掬うから、その竹籠の中に入れてくれ」

「了解です！」

八雲は白雪に竹籠を渡した後、袖を捲ってから、川に向かって手をかざした。

「……何をするの？」

「八雲さんが妖術を使って、魚を捕ってくれるんです。玖遠様のように風を操って空を飛ぶのは苦手みたいですが、魚を捕ることに関しては右に出る者はいないんですよ！」

白雪は自分のことのように胸を張って答えた。そのやり方ならば、沙夜が手伝う出番は無いだろう。内心では少し残念に思いつつも、二人の作業工程を見守ることにした。

水面下で魚の鱗が反射した瞬間、八雲の手から風の塊のようなものが生まれると同時に放たれた。風の塊は一瞬で魚を包み込み、そのまま掬い上げられ、上空へと投げ出される。水飛沫を纏わせながら、空中に浮かんだ魚は白雪の方へと飛んで行った。

「わっ、おっとっと……！　はい、回収！」

器用なことに、白雪は竹籠で魚を受け止めていた。もしかすると、普段から慣れていることなのかもしれない。二人は息を合わせながら次々と魚を捕獲していく。

邪魔をしないようにと少しだけ距離を取り、二人を眺めている時だった。

ぶわりと冷たい風がどこからか吹き、身体が揺れたことで体勢が崩れた沙夜はつい足がもつれてしまい、尻餅をつくように倒れてしまった。

「痛っ……」

だが、自身が居た場所を通り過ぎた風は、そのまま川の傍に立っている八雲を襲った。彼は突然の強風に反応出来ず、身体を押されるように川の中へと落ちて行った。

「八雲さんっ!?」

驚いた白雪が、風が吹いてきた方向へと視線を向けた途端、顔を強張らせた。そして、何が起きたのか分からず尻餅をついたままの沙夜のもとへと彼女は駆けてくる。木々の隙間から再び突風が沙夜に襲い掛かってきた瞬間、割って入ってきたのは白雪だった。

「ぎゃうっ」

竹籠を盾にしながら突風を受けた白雪はその衝撃で吹き飛ばされ、姿も狐へと戻った。魚が入っていた竹籠も風に切り裂かれたようにばらばらになる。

「白雪っ！」

沙夜は必死に立ち上がり、吹き飛ばされた白雪のもとへと駆け寄る。白雪は気を失っているものの、怪我はしていないようで、沙夜は深く安堵した。

「――あら？　せっかく隙だらけだったのに、当たらないなんて運が良いわね。……もしくは頭領様の妖力で守られているからかしら？」

今まで感じなかった気配が突然、現れた。鳥肌が立つような、ぞっとする声が木々の向こうから響き、沙夜は気を失った白雪を抱き抱えながら、声がする方向を小さく睨んだ。

木の陰から出てきたのは、暗い表情をした風香だった。

「な、にを……」

「何って、殺そうと思ったのよ。あなたを」

風香の獣の両腕が鎌のような形になり、風を纏っていることにふと気付く。

絶句したまま目を見開く沙夜を風香はどこか煩わしげに見つめてくる。

「あなたは頭領様の害にしかならないの。頭領様が変わってしまったのも、全部あなたのせいよ。……だから、あの方のために、優しい私が殺してあげようと思って」

「……！」

川へと落ちた八雲の様子も気になるが、沙夜は動くことが出来ずにいた。身体の底から沸き上がってくるのは、風香に対する恐怖だった。

「きっと、あなたがいなくなれば、頭領様も目が覚めるはずよ。……害をもたらす人間を娶るなんて、尋常じゃないもの。……あの方はただ、誑かされて目が眩んでいるだけに決まっているわ。……それならなおさら、私が頭領様をお助けしないと」

にたりと風香が不気味に笑うたびに、身体の震えが止まらなくなっていく。彼女は脅しなどではなく、本気で沙夜を殺そうとしている。

……怖い……っ。これが、殺意……だというの……？

配下の妖達は玖遠に従っているからこそ、沙夜に害意を向けてはこないため、彼らを怖いと思ったことはなかった。それ故にこれ程までに深くて強い「殺意」を抱かれていたことに気付かなかった沙夜は、足が竦んで動けなくなってしまう。

「ああ、頭領様の妖力を纏っているからと言って、安心しない方がいいわよ？……あなたを川に突き落として、溺死させることだって出来るもの」

その言葉を聞き、玖遠が妖力について説明してくれた時のことを思い出す。

……確か、妖力を纏っていても、水や雪などの自然物による質量攻撃は防げない……。

身体に纏っている玖遠の妖力がいくら強力であっても、自然物を防ぐことは出来ない。

それ故に風香は沙夜が川に来るまで、手を出さなかったのだろうか。沙夜を川の中へと沈めて、溺死させるために。

「八雲も白雪も、頭領様の周りをうろちょろしていて邪魔だったから、ついでに片付けられてちょうど良かったわ。……これでやっと、私が頭領様の一番傍にいられるのね」

玖遠のために、そして自分の欲のために、風香はどんな手段も選ばないと決めているのだろう。そんな彼女が恐ろしくて仕方がなかった。

「あなたを不幸な事故で亡くした後の頭領様は私がちゃんと慰めてあげるわ」

「っ……」

今の沙夜には風香に対抗するための手段などない。彼女は再び鎌のような手を構え、狙いを定めてくる。白雪を守るように抱き締めつつ、沙夜は思わず目を瞑った。

その瞬間、上空から何かが落下したのか、川辺の砂利が激しく動く音が聞こえ、発生した風が沙夜の髪をふわりと動かした。

「ぎゃぁっ……!?」

風香の妖術が発動したのか、切り裂く音に叫び声が重なる。

だが、それは沙夜のものではなかった。いつまで経っても衝撃が降りかかることはなく、沙夜が恐る恐る顔を上げれば、そこには見慣れた背中があった。

「――怪我はない？」

「く、おん、さま……」

肩越しに振り返った玖遠は、沙夜をその瞳に映すとどこか安堵したように目を細めた。

突然、姿を現した玖遠に驚く沙夜だったが、その視線が風香の方へと向けられた瞬間、彼が纏う空気が鋭いものへと変わっていく。

「……風香。自分で生み出した風をその身に浴びて、どんな気分だ？」

玖遠は風香の視線から沙夜を隠すように立っており、その姿は堂々としたものだった。

先程、風香が放った攻撃は玖遠が跳ね返してくれたようだ。また、彼が一切怪我をしていないことを確認した沙夜は密かに安堵の息を吐いた。

「随分と荒っぽく妖力を使っている奴がいるから、何か起きたのかと思って急いで来てみれば……。まさか、沙夜を傷付けようとする者がいたとはな」

吐き捨てるように玖遠は風香へと告げる。

「答えろ。俺の意思に背いてまで、沙夜を害そうとした理由を」

「かっ、は……。と……頭領、さま……のため、でございます……」

途切れ途切れに聞こえてきたのは、先程までの威勢がすっかり消えた風香の声だ。何が起きたのかと思った沙夜は玖遠の背中越しに、覗くように前方へと視線を向ける。

そこにいたのは刃のようなもので無数の傷を負い、怯えた顔で座り込んでいる風香だった。彼女の着物は元々、柳色だったが、今は真っ赤に染まっていた。

その色を見た沙夜は堪らず、声にならない悲鳴を上げてしまう。

「っ――！」

震えが身体を巡っていき、浅い呼吸しか出来なくなる。脳裏にこびり付いて離れない記憶が蘇り、両足に力が入らなくなった沙夜はその場に座り込む。

『――沙夜様……。どうか――』

頭に浮かんだのは優しい笑み。だが、その笑みは生々しい色で覆われていく。

あれは、あの色は、命が失われる色だ。忘れたいのに、忘れられない苛烈な色。

「ぁ……っ、う……」

胃の中の全てを吐き出しそうな感覚が沙夜を襲う。玖遠は後ろで蹲っている沙夜に気付いていないのか、視線をそのまま風香に向けており、冷めた口調で言葉を返した。

「違うな。お前の欲のためだろう。……その身勝手さから沙夜を殺そうとするなど、愚かにも程がある。余程、俺が彼女を選んだことが気に食わないようだな」

風は全く吹いていないと言うのに、玖遠の髪と羽織が不自然に揺れ始め、何かが弾ける音が増えていく。伝わってくる怒気が尋常ではないと覚ったのか、風香の顔からは生気が消え去り、彼女はがたがたと激しく震えていた。

「今までは、配下として目をかけてやったが……。俺の妻を傷付けようとする奴に生きる価値などない。……ここで死ぬが良い」

溢れ出る暴力的なまでに冷たく膨大な妖力に、沙夜の身体が無意識に震える。

自分を背中に庇う彼は本当にあの優しい「玖遠」なのだろうか。圧倒的な力でもって人の命を軽く弄ぶ姿は、酷く冷酷で残忍な「妖」そのものだった。

座り込んでいる風香に向けて、玖遠は右手をかざすように構える。彼は一瞬にして、轟々と唸る風の塊を生み出し、怒りのままに風香を殺そうとしていた。

……だ、め……このままじゃ……。

玖遠が風の塊を放てば、きっと鮮やかな色が散っていくのだろう。そして、彼を見るたびにその色を思い出し、嫌でも重ねてしまうに決まっている。

そんなことになれば、自分は玖遠に「恐れ」を抱くに違いなかった。

「ま……って、ください、玖遠、さまっ……！」

どれ程、息をするのが辛くても。涙で前がよく見えなくても。玖遠がやろうとしていることをここで今、止めなければ自分は絶対に後悔する。

沙夜は白雪を抱えたまま、何とか右手を伸ばし、玖遠の衣の裾を引っ張った。

「その方、を……殺さないで……っ」

「……風香は君を殺そうとした。……絶対に許さない」

懸命に呼びかけるも、風香に向けられる玖遠の視線と右手は動かない。混乱する頭で沙夜は必死に考えた。一体どうすれば、怒りで我を忘れている彼にこの声が届くだろうか。

「怖いんです……っ。誰かが、死ぬところを見たくないんです……！」

喉から出る声はすでに掠れているし、今も身体は震えたままだ。それでも何とか玖遠を止めたい一心で、沙夜は縋りつくように訴えた。

「それに、玖遠様が……誰かを殺すところなんて、見たくないっ……」

「……っ！」

ぎりっと、奥歯を噛み締める音が聞こえた。玖遠が風香に向けていた手をぎゅっと握れば、放つ準備が出来ていた風の塊は、張り詰めた空気と共に一瞬にして霧散する。

彼はだらりと右腕を下げてから、深い息を吐き出し、再び視線を風香へと向けた。

「……風香」

声をかけられた風香は大きく肩を震わせながら、顔を上げた。

「この瞬間から、お前は俺の配下ではない。……本当ならばここで切り刻んでやりたいくらいだが、沙夜に免じて逃してやる。ただし、再び俺の妻に手を出そうとするならば、今度は容赦しない」

「あ……っ」

「今後、沙夜に近付くことも俺の守護領域に入ることも許さない。……さっさと去れ」

玖遠の脅しのような言葉に風香は何度も頷いた。そして、慌てながら後ろへ下がって行き、草を分けるようにしつつ逃げ去った。

風香に関心を無くしたように玖遠はすぐに振り返る。そして、今も座り込んだままの沙夜の前に膝を突いて、視線を合わせてくる。

「沙夜……」

明らかに風香に向けていたものとは違う、穏やかな声が降り注ぐ。しかし、彼から手を伸ばされた瞬間、沙夜は無意識に肩をびくっと震わせてしまう。今、目の前にいるのは玖遠だと分かっているのに、何故か父が自分へと手を上げる光景が頭を過ぎった。

だが、沙夜がはっと我に返った時には、玖遠の顔が強張っていた。やがて彼は、悲しそうな表情を微かに浮かべ、それから取り繕うように苦笑した。

「……すまない、沙夜。俺は君に怖い思いをさせてしまったようだ」

玖遠は何でもなさそうに言ったが、沙夜の目には苦しんでいるように映っていた。

……私が怯えるような反応をしてしまったから……。

玖遠を恐れたわけではないと声に出して言いたかったが、まだ混乱したままの頭では震えを抑えることが出来なかった。

そんな沙夜の様子に何を思ったか、玖遠は伏し目がちに視線を逸らした。

「……さて、八雲はどこに行ったんだ？　君の護衛をしていたはずだけれど」

結局、玖遠は沙夜に触れることなく、話題を変えた。立ち上がった彼は周囲をぐるりと見回しながら、八雲の姿を捜し始める。

沙夜も一人で何とか立ち上がり、八雲が落とされた川へと視線を向けた時だ。

「……ここです、玖遠様……」

水音を立てながら川から上がってきたのはびしょ濡れになった八雲だ。どうやら、彼に怪我は無いようで、沙夜は密かに安堵する。

「八雲さん……！　良かった、ご無事で……」

「ふんっ、人間如きに心配されなくても――……へくしゅっ！」

水の冷たさが原因なのか、彼の顔色はあまり良くない。

「不意打ちでやられたのか、八雲。そういえば、お前は俺と同じであまり泳ぐのが得意ではなかったな」

「あの女が放った風が身体に纏わりついて離れず、危うく溺れるところでした……」

げっそりした顔で八雲は溜息を吐いている。

玖遠は肩を竦めながら、風を操る妖術を八雲に向かって使い始める。彼の衣服はあっと言う間に乾いていき、妖術にはこのような使い方もあるのかと沙夜は目を丸くした。

「玖遠様、ありがとうございます……。頭領の腹心だというのに、簡単に後ろを取られてしまい、面目ないです……」

「風香は配下の中で一番、気配を消すのが上手かったからな。同等の強さを持っている八雲でも見抜くのは難しいだろう」

「それでも悔しいものは悔しいです。……小娘、お前も無事か？」

「わ……私は大丈夫です。でも、白雪が……」

身体を乾かし終えた八雲はちらりと白雪の方を見ると、安堵したように目を細めた。

「気を失っているだけだ。激しく動かさないようにしろよ。……だが、白雪を庇うように守った件に関しては、不本意ながらも見直してやろう」

「え？」

「水面から顔を出した時、お前が白雪を庇っているのが見えた」

抑揚のない声色で言うと、彼はすぐに沙夜に背を向ける。白雪と八雲が無事だと確認出来てほっとしたからなのか、気付くと身体の震えは止まっていた。

「しかし、まさか……風香があのようなことをするなど……」

「……欲が勝ったんだろう。……理性を上回ってしまえば、そこらの獣と同じだ」

玖遠はまるで自身に言い聞かせるようにそう呟いた。

「とりあえず、屋敷へ戻ろうか。白雪も安静にしなきゃならないし」

そう言って、玖遠は沙夜へと手を伸ばしてくるも、何かを思い出したようにすぐに引っ込めた。そして、困ったような表情を浮かべ、目を細める。

「……行こうか、沙夜」

それまでの動作を全て無かったことにしたように、彼は沙夜を言葉だけで促してくる。

「……はい」

いつもならば、玖遠が沙夜へと手を伸ばし、沙夜がそれを掴んで共に歩いていただろう。

だが、今だけは隣に並ぶことが出来ず、彼の数歩程後ろを付いていくように歩いた。

視界の端に映る八雲が、沙夜達のやり取りを訝しんでいるようだったが、この状況を説明することなど出来ない。

沙夜は結局、屋敷に辿り着くまで玖遠から視線を向けられることはなかった。

屋敷に帰った後、気を失っている白雪の面倒は八雲が見ると言ったため、彼に白雪を預けた。安静にしていればすぐに目を覚ますと聞き、沙夜は密かに安堵した。

「……それで、玖遠様との間に何かあったのか？　随分とぎこちない様子だったが」

眠っている白雪を起こさないようにと、八雲は小声で訊ねてくる。その顔は不機嫌そのものだが、言葉はこちらを気遣うものだった。

屋敷へと戻ってくるまでの間、玖遠と言葉を交わさなかったため、さすがに八雲も疑問に思ったのだろう。しかも、玖遠は姿を消すように、いつの間にか傍を離れていた。

どのように答えればいいのか分からない沙夜が黙ったまま俯いていると、八雲は厳しい声で言葉を続けた。

「言っておくが、お前が心配だから聞いているわけじゃない。……玖遠様の様子が何だかおかしいから、お前に原因があるのだろうと思って訊ねているんだ」

「私、は……」

「もし、お前が玖遠様に害をなすならば、許さないからな。……それと、あの方の心を乱すようなことはしないでくれ」

乱す、という言葉に沙夜の肩が小さく跳ねる。八雲はそれを見ていたのか、深い息を吐いてから、言葉を続けた。

「……あの方が抱くものを理解したいと思って、どんなに尽くしても……僕達では共有することなんて出来ないからな。それならば、乱さないようにするしかないだろう」

何かを悔いるように、八雲の表情が一瞬だけ歪んだ。

……私が、玖遠様の心を乱した……。

あの時の彼は悲しそうな顔をしていた。ならば、自分が傷付けたのと同義だ。

……謝らなきゃ……。私が、玖遠様を……傷付けたのなら……。

沙夜はぎゅっと手を握り締めてから、八雲へと問いかける。

「八雲さん、玖遠様がどちらに向かわれたか分かりますか」

「……頭領の部屋だ」

そこは沙夜が玖遠と共に寝所として使っている部屋とは別に、頭領が仕事で使う部屋だ。見回りをしない日や沙夜の傍にいない時の彼は、日中そこにいる場合が多い。仕事の邪魔をしてはいけないと思い、沙夜はその部屋を一度も訪ねたことがなかった。

「教えて下さり、ありがとうございます」

八雲に軽く頭を下げてから、踵を返す。後ろから何か言いたげな視線を感じたが、振り返ることなく、玖遠がいるはずの頭領の部屋へと向かった。渡殿を小走りで通り抜け、沙夜は深呼吸をしてから妻戸を開く。廂へと足を踏み入れれば、床が軋む音が響いた。

「……今は誰も入って来るなと言っておいたはずだが」

部屋に響く声に抑揚はない。沙夜は一歩を踏み出すように、玖遠のもとへと赴いた。

「勝手に入って、申し訳ございません。……お話が、ございまして」

「沙夜……」

玖遠は部屋の柱にもたれかかるように座っていた。沙夜を視界に映した一瞬、驚いた表情をしていたがすぐに目を逸らした。

「……近付かない方が良い。俺のことが、怖いんだろう……？」

先程までの冷酷な一面は消え去っており、玖遠はどこか沈んだ表情をしている。

沙夜は止まることなく、玖遠へと近付いた。

「……いいえ、怖くはありません」

「だが、君は俺が触れようとした時、震えていたじゃないか。……俺は自分が怖いんだ。いつか……君を傷付けてしまいそうで……」

そう告げる玖遠の方が傷付いているように見えた。

「君だって、見ていただろう。……俺は心が乱れると、妖力を上手く制御出来なくなるんだ。今だって、完全には鎮め切れていない。……どれ程修練しても、これだけはどうしようもないんだ」

玖遠はまるで自分を責めるように呟くと、くしゃりと表情を歪めた。よく見てみれば、玖遠の周囲ではぱちぱちと何かが弾け飛んでいた。風香と対峙していた時と比べると、小さなものだが、これは玖遠の妖力が乱れている証だったらしい。

玖遠は自身の妖力を制御出来ず、苦しんでいるようだった。だが、その原因を作ったのは沙夜だ。今の彼を見ていると心臓を掴まれているように、心苦しかった。

「今はどうか離れていて欲しい。……君が傍にいると、触れてしまいたくなる」

玖遠の口から零れた言葉は気遣いでもあり、そして小さな欲でもあった。

辛い顔をさせたくて、自分は彼の傍にいるわけではない。沙夜は視線を合わせようと玖遠の前に座り、そして、床の上へと投げ出されている彼の手に自分の手を重ねた。

「っ……。沙夜、何を……」

突然の沙夜の行動に、玖遠は驚いたのか目を大きく見開いた。

「私が普段から纏っているのは、玖遠様の妖力ですよ？　それなら、玖遠様の妖力をいくら浴びようとも、傷付くわけがないじゃないですか」

沙夜は出来るだけ明るい声で玖遠へと告げる。

「私が玖遠様に傷付けられることはありません。……だから、お傍にいさせて下さい」

どうか安心して欲しいと、沙夜は玖遠の手を強く握り締める。

玖遠は唇をぎゅっと結び、金色の瞳を細めた。

「……たとえ、傷付けないとしても、また怖がらせてしまうかもしれないだろう。俺は君にそんな思いをして欲しくはない。君に恐れられる存在になりたくはないんだ」

彼は見ているだけでこちらの胸が詰まりそうな顔をしていた。

そんな顔を見ていたくはなくて、沙夜は必死に首を横に振る。

「私が怖いと思ったのは決して、あなたではないのです。……それに、傷付けたのは私の方です。私が、あなたを傷付けてしまった……」

沙夜は玖遠から手を離し、胸の前で両手を重ねるように握り締める。

「ごめんなさい、玖遠様を傷付けるようなことをしてしまいました……。でも、玖遠様を怖がったわけではないのです。あの時はただ……昔のことを思い出してしまって……」

「昔のこと……？」

玖遠が眉を寄せ、首を傾げる。それは彼にさえ、話していないことだ。

だが、明かさなければ、沙夜が何を怖がっているのか知らないまま、玖遠に不安を抱かせ続けることになるのだろう。それは自分の本意ではない。

沙夜は両手を胸に押さえつけながら、何度か呼吸をし、そして言葉を吐いた。

「私は、血が……怖いんです」

沙夜の返答が意外だったのか、玖遠は目を丸くしていた。

「どこか、酷い怪我をしたことがあるのか？　……まさか、君の父親に……」

玖遠は沙夜が父から暴力を受けていたことを知っている。彼の瞳に怒りが宿りかけたため、沙夜は急いで首を振った。

「私ではありません。……でも、私のせいで乳母を失うことになってしまったのです」

それは今から八年程前のことだ。生まれた時から、小さな屋敷に閉じ込められていた沙夜は乳母と二人でそこに暮らしていた。

沙夜を不憫に思ったのか、乳母は屋敷の外に広がる世界について、色んなことを教えてくれた。それは幼い沙夜の心を動かすには、十分過ぎる程に魅力的な話だった。

「……屋敷に居た頃、いつも玖遠様とお話をするために使っていた、築地に穴が開いている場所があったでしょう。……あの穴は元々、外の世界を見たいと思った私があの屋敷から出るために密かに削って作ったものなんです」

その穴は乳母に見つかってしまったが、もし穴なんて掘っていなければ、今も彼女は生きていたかもしれない。

「彼女は私が穴を掘った理由を知り……深く同情していました。……血の繋がりはありませんが、本当の娘のように可愛がってくれていましたから、情もあったのでしょう」

「……その者だけが、沙夜にとっての家族だったんだな」

その通りだと、沙夜は玖遠に頷き返す。

「乳母だけが、私の幸せをいつも願ってくれていました。心の中は誰しも自由なのだから、どうか心のままに生きて欲しい、と……。それが彼女の望みでした」

優しい笑みを浮かべながら、乳母は口癖のように何度もそう言っていた。

「……乳母は父に気付かれないように、私を外へ逃がす計画を立てていたのです」

本来ならば、そんなことをしなくてもいいはずなのに、乳母は沙夜のために奔走してくれた。外部の人と密かに連絡を取り、給金のほとんどを使って、沙夜を逃がし匿うための準備を進めていたのだ。

「……あの日は……確か、隠れ家として使うための小さな屋敷を見つけたと言って、彼女は下見をしに行き、私のもとを離れていました」

乳母は病に臥せっている友人の見舞いに行くと父に嘘を吐いて、出掛けていた。だが、夜になっても乳母は帰って来ず、次の日の朝、沙夜のもとへとやって来たのは父だった。

「父が投げ渡して来たのは、淡藤色の小袿でした。それは出掛ける際に乳母が着ていたものので……。でも、見送った時とは違う色をしていたのです。まるで染物でもしたように、真っ赤で……」

その時の自分は、父が何故背中がぐっさりと破けている深緋色の小袿を投げ渡してきたのか、分からなかった。だから、一心にその色を見つめてしまったのだ。

「父が言うには、出掛けていた乳母は物盗りに遭い、抵抗した際に刀で斬られたと」

「それは……本当の情報なのか？」

玖遠の問いに対して、沙夜はふるふると首を横に振る。

「分かりません、私は……それしか、聞かされていませんから」

乳母は沙夜に対しては気を許していたが、何事にも用心している性格だった。あの日も昼に出掛けていたし、荒くれ者が通るような道を歩く人ではなかったと思う。

それ故に沙夜は乳母が物盗りに遭ったのは、単なる偶然ではないと疑っていた。

「父は……乳母が私を逃がそうと計画したことを察知していたのでしょう。突然の死を聞かされ茫然としている私に、乳母が死んだのはお前のせいだ、と言っていましたから」

「何故、そんな話になるんだ！　沙夜は……」

「私が、望んだから」

静かな声で沙夜はぽつりと言葉にした。

「私が望んだから。私が意思を持ったせいで、乳母は死んだのだと。……私が外に出たいと望まなければ……乳母を……失わずに、済んだかもしれないのに……っ」

その日から、沙夜は自分の意思を表に出せなくなった。何かを望んでしまえば、自分のせいで誰かを不幸にしてしまう——。父からかけられた呪いの言葉は沙夜の心にゆっくりと浸透していき、剝がせなくなっていた。

「……ならば、血が怖い、と言ったのは……」

「血は命が失われる色をしていますから。私はあの色が恐ろしくて、仕方がないのです」

今、傍には あの色がないというのに、沙夜は瞼を閉じてしまう。

「……ですが、それだけではありませんでした。いつの間にか、死を連想させる刃物の類も、触れない程に苦手になっていたのですから」

鋏や針などが平気なのは、その道具では人は死なないと認識しているからだろう。

だが、父に刃物の類が苦手だと気付かれてしまってからは、逆らえないように懐刀を向けられ、脅されたこともある。彼には人としての情はないのかと何度も思ったが、恐怖と日頃の疲弊から抵抗する気力さえ湧かず、ただ屈するしかなかった。

……私は何も望めないし、意思を持つことも許されない……。そんな資格はないもの。

乳母が死ぬことになった原因を作ったのは自分だ。それなのに、誰かを巻き込んでしまうと分かっていながら、何かを願うことなんて、出来なかった。

「……」

玖遠は沙夜の心に寄り添うように、静かに耳を傾けていた。

「あの、これでお分かり頂けたでしょうか……。私は決して、玖遠様を怖がっていたわけではなくて――」

沙夜の言葉はそこで途切れた。気が付いた時には、玖遠の腕の中にいたからだ。

自分の額は玖遠の胸板に密着しており、彼の心音が微かに聞こえた。

「すまない、沙夜。君が苦しい思いをしていたことに気付かず、俺は……心の傷を抉るようなことをしていたんだね。だから、君は俺に何も望もうとはしなかった……」

「それはっ……。私はただ、恐れているだけで……。自分の望みが、誰かを傷付けてしまうんじゃないかって……。自分本位なだけなんです……」

「沙夜。その恐れは君自身の心を守るために必要だっただけだ。どうか、自分を責めるようなことはしないでくれ」

玖遠は大事なものを抱えるように、沙夜をぎゅっと抱き締めてくる。布越しに感じる温度は柔らかで、落ち着くものだった。

「それに沙夜の父親と乳母の言葉が矛盾しているから、君は苦しみ続けているのだろう」

「あ……」

玖遠に言われて初めて、確かにそうだと気付く。乳母は沙夜に心のままに生きて欲しいと願った。一方、父は沙夜に意思と望みを持つなと言った。

「沙夜は……あまりにも優しくて純粋過ぎるから、全てを飲み込もうとしているんだ。けれど、それは自分を傷付けていることに変わりない」

でも、と玖遠は言葉を続けた。

「君は自分の意思で俺の妻になることを選んだ」

玖遠の額が沙夜の額にそっと重なる。金色の瞳の中には、沙夜の姿だけが映っていた。

「いつだって、妖は自分の欲を満たすために生きている。……そして、沙夜。君は妖の妻になった。ならば、君だって、心のままに何かを望んでいいんだ。もう、父親の言葉に縛られ続けなくていいんだよ。だって今の君は、あの屋敷に囚われていた姫君なんかじゃない。――沙夜は俺の大事な妻なのだから」

それは沙夜の全てを包み込むような柔らかな言葉だった。まるで暗闇に一筋の光が差し込んだような眩しさが感じられ、心に刺さり続けていた棘をゆっくりと溶かしていった。

「だから、約束するよ。沙夜に二度と辛い思いをさせないために、君を守ることを理由に命を奪わないって」

その言葉に沙夜は目を見開いた。妖は自分の欲を満たすために生きていると彼は言ったが、玖遠が自身の意思よりも優先しているのは沙夜だということに気付いたからだ。

そして、彼の言葉に含まれた優しさを感じ取った沙夜は、視界を滲ませてしまう。

「どうして……。玖遠様はそんな約束をして下さるのですか」

「理由なんて至極、簡単なことだ」

玖遠は沙夜を抱き締めていた腕を解き、そして衣の袂から何かを取り出した。

「沙夜の笑顔が見たいから。それだけだよ」

彼が沙夜へと差し出したのは、薄紅色の花が付いた小枝だった。

「これ、は……」

「成人を迎えたお祝いに桜の枝を贈ると約束しただろう？　……けれど、俺の妻だからと言って特別に常夜桜を近くで見せることは出来ないからね。仕事の合間に普通の桜の樹が開花しているものを探し回っていたんだ。……あ、前回の教訓を活かして、花びらが散らないように衝撃を防ぐ術を施しているから、多少乱暴に扱っても大丈夫だよ」

沙夜は桜を凝視しながら、以前、玖遠と壁越しに会話していた時のことを思い出した。

……あの時の約束を……果たそうと……。

玖遠の気持ちだけで十分嬉しかったというのに、彼は忘れずに覚えてくれていたのだ。

沙夜は玖遠から赤子を抱くような動作で小枝を受け取り、桜の花を眺めた。いつもならば、どこからか流れてくる花びらを指先で摘まむだけで、どのような形の花なのか想像することさえも出来なかった。けれど、今、はっきりと分かる。

……薄紅色って、こんなにも優しい色だったのね。

衣を仕立てる時の布地で薄紅色を見たことはあるが、それとはどこか違って見えた。恐らく玖遠が沙夜のためにわざわざ探し回って、美しい一本を見つけてくれたからだろう。

その心遣いがどうしようもなく嬉しくて、強張っていた顔はいつの間にか緩んでいた。

「……やっと、笑ってくれた。沙夜が笑った顔、初めて見たよ」

「え？」

「この屋敷に連れて来てから、君の表情は強張ったままだったから。……俺はね、君には笑っていて欲しいんだ」

玖遠は切望するような表情を浮かべ、沙夜の右頰にそっと触れてくる。

「だから、君が笑えるように望みは全て、叶えてみせるよ」

彼が言うと、本当に何でも叶えてしまいそうな気がした。

「……それなら、また一緒に……お出掛けしてくれますか？」

「ああ、もちろん。沙夜が望むなら、どこへだって連れて行くよ」

沙夜を気負わせないように気遣ってくれているのだろう。それでも自信ありげに玖遠が胸を張る姿は、どこか見た目よりも幼く見えて、けれどあまりにも自分には眩しすぎて。

沙夜は口元を隠すようにしながら、小さく噴き出してしまう。瞳に涙が浮かんでしまったのは、眩しさに目が眩んだからに違いない。

「あ、隠したね？　ほら、こっち向いてよ、沙夜」

「ふふっ……。あっ、やめっ……。駄目ですよ……ふふっ」

玖遠が顔を覗き込もうとするので、沙夜は更に袖で顔を隠した。

喜びと楽しさが混じり合い、胸の奥がほかほかと温かい。

思わず声が漏れる程に笑ったのはいつぶりだろうか。もう長いこと、笑っていなかった沙夜は久々に、笑うことを思い出せたのだった。

玖遠から桜の小枝を貰った沙夜は、八雲に借りた細長い壺に水を入れ、そこに小枝を挿した。衝撃を防ぐ術がかけられているとは言え、自然の摂理には逆らえず、時間が経つにつれて花は散っていく。それでも沙夜は毎日、小枝を眺めては口元を緩ませていた。

「ずっと眺めているけれど、飽きない？」

壺を二階棚の上に置いて眺めていると、後ろから玖遠に声をかけられた。

先日は妖力が乱れていた玖遠だが、今は治まっているのか穏やかな表情をしている。

「飽きませんよ。……だって、玖遠様から頂いたものですから。散ってしまった花びらも、全て懐紙に挟んで大切に保管してあります」

「そこまで大事にしてもらえるなら、探し回った甲斐があったよ」

そこへ何かを持って八雲が部屋へと訪れた。

「玖遠様、ちょうど良さそうな大きさのお面が一枚だけ、ありました」

「お、探してくれてありがとう、八雲」

「いえ。……ですが、その娘を本当に連れて行くおつもりですか？」

先日の件から、八雲は沙夜の呼び方を「小娘」から「娘」に変えたらしい。白雪曰く、彼なりの譲歩とのことだ。

「今から誘うつもりだ」

八雲は沙夜を一瞥し、それから玖遠に向けて軽く一礼した後、部屋から去って行った。

「うーん、少し古いが何とか術を組み込めそうだな……」

玖遠は八雲から渡されたお面を片手に、何やらぶつぶつと唱えている。そして、何かを終えたのか、彼は満足げに頷いてから、沙夜の方へと向き直った。

「なぁ、沙夜。良かったら、妖の夜市に一緒に行かないか？」

「妖の……夜市……？　あの、それはどのようなところですか？」

「市とは様々な物を売り買いする場所のことだよ。人間の場合だと、昼間にしか店を開かないけど、妖は夕方から夜の間に露店を開くんだ」

「妖も……商売をするんですね」

沙夜はぱちくりと目を瞬かせる。

「人間の市と比べると、売り物の種類は少ないけれどね。人間とは違って、通貨はないから物々交換による商売なんだ。基本的には妖達が自分で作った物や人間に変化してこっそりと仕入れた物を売っているよ。……まぁ、たまに他者から奪った物や盗んだ物も売っていたりするけれど」

玖遠は呆れたように肩を竦めた。その手の者は、どこの世界にもいるらしい。

だが、生まれて一度も市というものに行ったことがない沙夜の心は「夜市」に強く惹かれてしまう。うずうずとくすぐったい心地が胸の奥で騒いでいる。沙夜はちらりと玖遠へ視線を向ける。彼は返事を待ってくれているのか、穏やかな表情を浮かべていた。

「あの……行ってみたいです……」

自分の望みを口に出すことにはまだ、慣れていない。思わず声が明るくなってしまったが、玖遠は笑うことなく少し安堵したように頷き返した。

「興味があるようで良かった。……でも、夜市がある場所はこの守護領域の外だから、様々な妖が集まってくるんだ。そこで、必要なのがこれだ」

玖遠は持っていたお面を沙夜へと見せた。白地に赤と黒の線が描かれているそのお面の形は「狐」だった。主に顔の上半分が隠れる形をしている。

「このお面には、被っている間は人間だと気付かれないように特殊な術が施されている。ちょっと視界は狭まるけれど、安全のためにも被って欲しいんだ」

沙夜は渡されたお面を自分の顔へと当てて、紐を頭の後ろで結んでみる。

「ぴったりみたいだな。……うーん、お面を被ると沙夜の可愛い顔が見えなくなるのが少し残念だけれど、術はちゃんと発動しているみたいで良かった」

「え、そうなのですか？」

自分では分からなくて、沙夜は首を傾げる。

「うん、問題ないよ。……ちなみに夜市は今日の夕方からだ。楽しみにしていてね」

「はい……っ」

沙夜はお面を外しつつ、弾んだ声で返事をした。

夜になり、沙夜は玖遠に抱き抱えられながら、彼の風を操る妖術によって、空を飛ぶように移動していた。沙夜と同じように玖遠も黒い狐を模した半面を被っているのは、あまり目立ちたくはないからららしい。

「沙夜、寒くはない？」

「平気です。……でも、玖遠様はすごいですね。このような妖術を容易く使えて……」

「俺の妖術の師匠が風を操るのが得意な天狗でね。失敗するたびに何度も師匠の団扇で吹き飛ばされていたら、いつの間にか得意になっていたんだ」

「それは……厳しい方だったんですね」

「まぁね。けど、俺が弟子にして欲しいって頼み込んだら、引き受けてくれたんだから、懐が深い人でもあったよ。……でも、瓢箪の中に入れられるのはもう、こりごりかな」

「ひょ、瓢箪っ？」

驚いた沙夜の声が裏返ってしまう。

「天狗だけが使える特殊な道具でね。瓢箪の中には時間が止まった世界が広がっていて、俺は師匠にその中へと入れられて体感時間で十年以上は妖術の修行をさせられたよ。戻って来た時には弟子入りして一年しか経っていなかったから、あれにはすごく驚いたな……」

珍しく玖遠が遠い目をしている。沙夜には想像がつかないが、彼がこのような表情をするくらいなのだから、師匠との修行は相当大変なものだったのだろう。

そんな話をしているうちに、二人は夜市の出入り口となる場所へと着いた。

玖遠はゆっくりと沙夜を地面の上へと降ろしてくれた。

「はい、到着」

「ありがとうございます、玖遠様。……わぁ……っ」

夜なのに明るく感じた方向へと視線を向ければ、思わず感嘆の声を上げてしまう。

行き交うのは様々な姿をした妖達。人間と同じように衣を纏っている者もいれば、形らしい形を取っていない者、空を飛ぶ者などもいて、とにかく夜市は妖達で溢れていた。

だが、何よりも驚いたのは景色だ。恐らく、妖術によって生み出されているのだと思うが、頭上には紙で作られた灯籠が浮いており、その中には柔らかな火が灯っていた。

それが一つや二つではなく、百を超える数が空中に浮いているのだから、驚かないわけがない。時折、砂のようなものがきらきらと光り、まるで流れ星を見ているようだ。

「すごいです……。玖遠様、この全てが妖術なんですか？」

沙夜は忙しなくあちらこちらに視線を向けては、高揚感を抑えきれないでいた。

そんな沙夜に、玖遠はくすっと小さく笑ってから頷いた。

「そうだよ。ほら、灯籠をよく見てごらん。妖の文字が書いてあるだろう？」

沙夜が目を凝らしてみれば、確かに灯籠には妖文字が書かれている。人間とは違う文字文化が妖にはあり、沙夜もたまに玖遠から教えてもらっているが、まだ単語でさえ読めないでいる。

「灯籠の紙には妖が開いている露店の名前や売っている物が書かれているんだ。ああやって、空に灯籠を放つことで、宣伝に使っているんだよ」

「なるほど……。それが、このように美しい光景を生み出していたのですね」

「派手な方が目立って、客足が増えるからね。……それじゃあ、行こうか」

玖遠がすっと左手を差し出してくる。

「これだけ、妖がいるんだ。迷子になったら大変だからね」

「よ、宜しくお願いします」

右手を重ねれば、玖遠は優しく包み込むように握り締め、夜市に向かって歩き出した。

賑わいは途切れず、左右から明るい声が響き、沙夜はつい視線を巡らせてしまう。

「――さぁさぁ、覗いていってくれ！　あの龍神が雷を落としたと言われる香木から作ったお香だよ！　現品限りだ！」

「蜥蜴の丸焼きぃ、鼠の尻尾ぉ、美味しいはらわたはいらんかねぇ」

「大蜘蛛の糸を使った、強くてしなやかな布よぉ。そこの旦那さん方、嫁さんに贈ってはどうだい」

　どの露店にも見たことのないものばかりが並んでいる。一体どのようにして作っているのだろうと首を傾げるものもあれば、声が出かける程に驚いてしまう品もあった。

「ふふっ、色んなものが売られていて、見ているだけで楽しいです」

「それは良かった。でも、市とは買い物をする場所だ。……何か欲しいものはある？」

「ええっ？　いいえ、そんな！　連れて来てもらっただけで、十分ですっ。だって、こうして楽しさを頂いていますし……」

「うーん、でも俺としては逢引きの記念になるものを贈りたいんだけれどなぁ」

「あ、逢引きっ？」

　その言葉はさすがに知っている。沙夜は自身の頰が熱くなるのを感じた。狐面を被っていなければ、この顔を玖遠に見られてしまっていただろう。

「ほら、あの品はどうだろうか」

　玖遠はとある方向へと指を向ける。そこには地面に敷かれた布の上に、花や珠の形の細工で飾られた棒が並んでいた。見る限りではどうやら一点物のようだ。

……どうやって使う物なのかは分からないけれど、見ているだけでうっとりしてしまうわね……。

沙夜がそれらの品に気を取られていると玖遠は気付いたのか、すぐに露店を開いている店主へと声をかけた。

「店主、これらの品はどれも美しい細工だな。一つずつ、作っているのか？」

「そうだろう。全部、俺の作品さぁ。最初は趣味で貝殻や石から作っていたんだが、やっぱり、きらきら光るものは女達に人気でねぇ。せっかくだから、売ることにしてみたのさ。髪に挿すものの他に耳の上に飾るものと色々あるぞ」

「沙夜、ゆっくり選ぶといい。一つで足りないならば、いくらでも買おう」

「く、玖遠様っ、さすがにそれは……」

「俺が君に贈りたいんだ」

「――ん？　『玖遠』……？」

それまで陽気な口調だった兎の耳を持つ店主の表情は、何故か次第に強張っていく。

「く、玖遠って名前はもしや……。旦那、まさか南の桜を守る頭領様かい？」

「ん？　……ああ、そうだが」

「ひぃっ……。つい、舐めた口を利いちまって、すまねぇ！」

「いや、店主は普通に接客をしていただけだろう？　気にするな」

店主の小さな叫びのような声は他の妖達にも聞こえたようで、視線が沙夜達へと注がれているのが感じ取れた。

……玖遠様は目立たないようにと顔を隠していたのに、私が迂闊に名前で呼んだせいで知られてしまったわ……。

申し訳なく思いつつも耳を澄ませば、周囲から「南の頭領」や「妖狐」という言葉が聞こえてくる。それらは喜んでいるものではなく、どこか一線を引いたような声色だった。

……玖遠様に仕える妖達は皆、この方を慕っている感じがしたけれど……。この市にいる妖達はどこか、腰が引けているような……。

まるで、玖遠を恐れているように見えた。今も店主には怯えたような対応を取られているが、玖遠は頭領だからと言って、特に偉ぶっている様子もない。むしろ、真面目な顔で店主が品の説明をしているのを聞いている。

「それで沙夜。どの髪飾りがいいか決めたか？」

「へっ？　あ、はいっ……！　ええっと……」

現実へと戻ってきた沙夜は玖遠に促され、前のめりの体勢で並べられている品を眺めていく。石や貝殻がここまで輝くものだと知らず、まるで星空のようだと思った。

一本ずつじっと見つめていた沙夜は、ある髪飾りに目を留めた。

……桜の花と……玖遠様の瞳と同じ色の石……。

黒く細長い棒の先には、貝殻の内側を使っているのか、丁寧に桜の花びらを模して作ったものが付いていた。共に飾りとして連なったように付いている小さな珠は玖遠の瞳と同じ色をしており、沙夜は思わず見つめてしまう。

「どうやら決まったみたいだな」

「あ……。えっと、この……桜の花の髪飾りが、いいです」

沙夜が指で示せば、玖遠はすぐさま懐から布で包まれた何かを取り出した。

「北の天狗仕込みの妙薬だ。これで足りるか？」

「て、天狗殿の……！　それじゃあ、天狗殿のもとで修行したってのは本当で……」

「足りるのか、足りないのか、どっちだ？」

「た、足ります、足ります！　この髪飾りですなっ！　どうぞ持って行って下せぇ！」

玖遠から包みを受け取った店主は中身をすぐに確認してから、髪飾りを渡してくる。

着飾ることとは無縁な生活を送っていた沙夜だが、綺麗なものや可愛いものに憧れがないわけではない。だからこそ、手元にある髪飾りが眩しくて仕方がなかった。

「……玖遠様、ありがとうございます。大事に、します」

「部屋に飾らないで、ちゃんと使ってくれる？」

「も、もちろんです！　毎日、使いますっ」

沙夜が胸を張るようにしながら答えれば、玖遠は嬉しそうに破顔した。そして、髪飾りを売っていた場所から移動するように、共に歩き始める。

「気に入ってくれたようで嬉しいよ。……ちなみに、どうしてその髪飾りにしたのか聞いてもいいかい？」

「桜が……綺麗だと思って。玖遠様が一番お好きな花だと仰っていましたし。それにこの連なっている石が玖遠様の瞳と同じ色なので、ずっと眺めていたいなって思ったんです」

髪飾りを両手で大事に持ちながら、沙夜が答えれば、玖遠は何故か立ち止まった。

「……沙夜はたまに、無自覚に俺の心を乱してくるよね」

「え？」

「そんなに俺の瞳を見ていたいならば、ずっと見つめていようか？」

ずいっと、玖遠の顔が沙夜の目の前へと近付いてきたと思えば、狐面の鼻同士がぶつかり、こつんと音を立てた。

「っ……！」

ぶわり、と沙夜の身体に熱が一気に駆け巡っていく。

「か、からかわないで、ください……っ」

「君が先に俺の心を乱したんだから、おあいこだよ」

玖遠はくすくすと楽しげに笑いながら、沙夜から離れた。

「さて、次はどこへ行こうか。……ああ、あの大蜘蛛が売っている衣でも見てみる？　君に似合いそうな薄紅色の美しい表着があるよ」

「そ、そんなに買って頂かなくても……」

「俺が沙夜を着飾らせたいだけだよ。妻を着飾らせるのは夫の特権だからね」

沙夜はまたもや、身体の奥から熱が込み上げてきてしまう。

何か言葉を返そうとしていた時だ。とんっと誰かが沙夜の肩に接触してきた。

「おっと、すまねぇな」

「あっ、いえ、こちらこそ道の真ん中で立ち止まって、申し訳ございません……」

他の客の邪魔になってしまったと思い、譲るように端へと寄った。しかし、ふと違和感を抱き、何気なく手元を見れば、先程まであったはずの髪飾りが無くなっていた。

「えっ？　あ、あれっ……？」

落としてしまったのかと思い、足元を見てみるも、どこにもなかった。

「沙夜、どうかしたのか？」

「あ、あのっ、髪飾りが……」

無いと言葉にするよりも先に、玖遠の視線は沙夜から逸らされ、前方へと向けられる。

「さっきの奴か……！」

沙夜にぶつかって来た妖に盗まれたと玖遠は気付いたようだ。

「す、すみません、私がぼうっとしていたせいで……」

「謝らなくていい。悪いのは盗んだ奴だ」

沙夜を責めることなく、玖遠は穏やかに呟きつつも、鋭く細められた金色の瞳は行き交う妖達に向けられている。

「絶対に取り返さないと。……あの髪飾りは沙夜が自分で選んだものだからね」

だから特別なのだ、と言っているようだった。

「沙夜はここから動かないで。すぐに戻ってくるから、十数えて待っていてくれ」

沙夜が返事をする前に、玖遠は髪飾りを盗んだ妖を追いかけて行った。犯人の目星が付いているのか、玖遠は一直線に駆けて行く。

「……と、とりあえず、十数えないと……」

玖遠が戻ってきたら、失態についての謝罪とお礼を告げなければと思いつつ、沙夜が数を数えようとした時だった。

「──全く、どこにもいやしないじゃないか」

「若君が顔を見ていれば、捜しやすかったんですけれどね。地道に聞くしかないですよ」

多くの妖が行き交っていて騒がしいというのに、棘のある声色は真っ直ぐ耳へと入ってくる。決して、耳に馴染んだ声ではない。だが、身体の全てが嫌悪してしまう声だった。

沙夜はぎこちなく、振り返る。ここから三丈程離れた先に、鬼面を被った二人組がいた。背の高さは玖遠よりも低いくらいで、二人とも目立たない色の羽織を着ている。

彼らは何かを捜すように、きょろきょろと周囲を見回していた。その際に見えた横顔の輪郭が、あの日、実家の屋敷で沙夜を襲った許嫁に似ているように見えたのだ。

「っ……」

気のせいだと思いたい。何故ならここは妖の夜市だ。人間が簡単に来られる場所ではないはずだ。それでも、ざわりと胸の奥が騒ぎ、思い出したくない感触が蘇ってしまう。

「──いとし子は……」

鬼面の一人が発したのは、耳にこびり付いた言葉だった。それを聞いた瞬間、沙夜は衝動のままに駆け出していた。ここから逃げなければ、あの男に見つかってしまうという恐怖だけが、沙夜の心を埋め尽くしていく。

妖達の間を縫うようにしながら小走りしていた沙夜だったが、妖が少ない場所に行こうと露店を曲がった先で誰かと接触し、その場に尻餅をついた。

「ぅ……」

「いてぇっ！」

結び目が甘かったのか、ぶつかった拍子に紐が解け、お面が地面へと落ちた。

「す、すみませんっ……」

沙夜は慌てて立ち上がり、落ちた狐面を急いで回収しようと手を伸ばした。ここで騒ぎ立てられて、余計に目立ってしまえば、更に面倒なことになる。

「おい、お前！　一体、どこ見て歩いてやがんだ……ん？」

接触した相手は猪の顔をした妖だった。衣服を纏っているが、その身体は横に大きく、沙夜よりも背丈が高い。

「お前、人間か……！」

彼の声が蔑みではなく、喜色が混じったものに聞こえ、沙夜は思わず後退ってしまう。

「嬢ちゃん、妖の中に交じろうだなんて、喰ってくれと言っているようなもんだぜ」

「い、いえ、私は……」

猪の妖は特徴的な鼻を鳴らしつつ、沙夜へと一歩ずつ近付いてくる。

「へへっ、人間の若い女か……久々に喰うのも悪くねぇな。しかも妖が視えているとなると味は極上と来たもんだ」

舌なめずりをしながら、猪の妖が沙夜へと手を伸ばした時だった。

ふわり、と柔らかい風が吹いたと思えば、いつの間にか沙夜は温かな心地の中にいた。

伝わってくる温度も、安心する匂いも全て、知っているものだ。

沙夜が顔をゆっくりと上げれば、そこには思っていた通り、玖遠がいた。

「玖遠様っ……」

「さっきの場所で待っていてと言っただろう？　まぁ、迷子になってもすぐに捜し出せるけれど。……それで？　俺の可愛い妻に手を出そうとした奴には、どんな罰がお似合いかな？」

　沙夜を抱き寄せるように守りながらも、玖遠は金色の瞳を鋭く光らせ、猪の妖を見据えていた。玖遠の髪は小さく揺れており、彼から漏れ出る妖力に慄くように、猪の妖は後ろへと一歩、足を引いた。

「っ、『玖遠』だと……⁉」

「ほう、俺のことを知っているのか。ならば、お前との力量の差がどれ程のものなのか、わざわざ言わなくても、分かるだろう？」

　玖遠はわざとらしく狐面を外して、猪の妖を睨みつけた。彼の妖力の大きさをその身で感じ取ったのか、猪の妖は悔しげに奥歯を噛み締め、こちらに背を向けた。

「ちっ……。たかが半妖のくせに、偉ぶりやがって……」

　沙夜の耳にも聞こえるくらいの悪態は、恐らく玖遠にも届いているだろう。

　猪の妖は不機嫌そうに去って行ったが、玖遠はまだ気が立ったままだった。先日と同じように、妖力を制御出来ていないのか、まるで雷のような白く細い線がぱちぱちと玖遠の周囲に散っていく。金色の瞳もどこか陰っているように見えた。

「……玖遠様っ！」

　沙夜は背伸びしながら、右手で玖遠の左頬に触れた。

「勝手に動いて、申し訳ありませんでしたっ……！　……でも、玖遠様が来てくれたおかげで私は無事です。助けて下さり、本当にありがとうございました」

玖遠を安堵させようと、沙夜は微笑んでみせた。

「……はぁー……」

彼は深い溜息を吐き、頰に添えられていた沙夜の手を取るとその指先へ軽く口付けた。

「すぐ戻るって言ったのにあの場にいなかったから、すごく焦ったよ……。君は本当に目が離せないね」

「も、もう約束は破りません……」

少し項垂れる沙夜の様子を見て、玖遠は小さく肩を竦めた。

「怒っていないよ。心配しただけ。……でも、疲れているみたいだし、少しだけ休憩しようか」

促されるまま付いて行くと、露店で賑わう通りから少し離れた場所に大きな木と石製の椅子が置かれていた。

そこに座るといい、と勧めてくる玖遠の言葉に甘えて沙夜は腰掛ける。思わず、ふうっと息を吐いてしまったが、どうやら思っていた以上に疲れていたようだ。玖遠も沙夜の隣に拳一つ分程を空けて座った。

夜市の方から活気に満ちた声が聞こえてくるが、沙夜達の周りだけは静かだった。

沙夜は玖遠の横顔を盗み見る。一見いつもと変わらないように見えるが、沙夜は先程の玖遠の様子が気にかかっていた。

沙夜は身を乗り出すようにしながら、玖遠の膝へと手を乗せた。

「……あの。先程の妖が言っていた……『半妖』って、一体何ですか……？　とても、嫌みな言い方をしていましたが……」

玖遠の様子が変わったのは、猪の妖に言われた妙な言葉が原因なのではと思い、少し躊躇いがちに訊ねた。聞こえていたか、と彼は苦笑し、遠くを眺めながらぽつりと呟いた。

「半妖はね、人間と妖の間に出来た子のことを指すんだ。……つまり、俺のことだよ。俺の母は妖狐で、そして頭領だったけれど、父親は人間なんだ」

そういえば以前、真伏が先代頭領の話をしていたが、それは人間を婿として迎えたことを指していたのだと、沙夜は今更ながらに気付いた。

「ですが、屋敷の皆様は……」

「皆、知っていることだよ。その上で、俺の配下として働いてくれているんだ。……でも、俺が母の跡を継いで頭領になったばかりの頃は、配下の者はほとんどいなかった。それまで母に仕えていた妖達は次々と俺のもとから去って行って、残ってくれたのは真伏を含めて、数人だけだったよ」

「え……。な、何故ですか？　玖遠様はとてもお強くて、頼もしいのに……」

沙夜が眉を寄せつつ訊ねれば、玖遠は少しだけ困ったように笑った。

「……半妖だとね、いくら妖力が強くても、心が激しく乱れれば、制御出来ずに暴走させてしまうこともあるんだ」

玖遠の言葉に沙夜ははっと目を見開く。先程の件も含めて、妖力を暴走させる玖遠の姿を何度か見てきた。あれは彼が半妖だからこそ、起きたものだったのか。

「まぁ、それが原因で反発を抱いた者達が、半妖なんかに『頭領』は務まらないって、俺に見切りをつけたんだ。中には『頭領』の座を奪おうとする者もいたくらいだよ。今はそんなこと、一切無いけれどね」

玖遠の話に沙夜は何と言葉を返せばいいのか分からず、唇を結ぶしかなかった。

「結局、妖というものは妖力の強さによって上下が決まる。ならば、俺が『頭領』だと相手に認めさせるためには圧倒的な力を付けて、周囲に示し続けるしかなかったんだ。たとえ天辺に至るまでの過程がどんなに死にそうに辛くても、他に方法はなかったからね」

先程、玖遠は天狗に弟子入りし、修行をしていたと言っていた。玖遠は沙夜の想像を超える努力を重ね、今の彼自身を作り上げたのだろう。

……玖遠様は半妖であるが故に、苦しんできたことがたくさんあったのね……。

玖遠の孤独を沙夜は全て理解することは出来ない。けれど、共に寄り添って、少しだけでも埋めることは出来ないだろうか。

沙夜は堪らず立ち上がり、玖遠の頭を両腕で包み込んだ。

「沙夜？」

驚いた反応を見せる玖遠に、沙夜は更にぎゅっと頭を抱き締める。

「玖遠様がたとえ半妖でも、私は気にしません。だって、私にとって玖遠様は玖遠様です。他の何ものでもなく、私を救ってくれたのはあなたです。あなただけが、私を見つけてくれた。玖遠様だけが、私に色んな感情や世界を教えてくれる——与えてくれるんです」

沙夜は一呼吸おいて、腕を離した。そして、真っ直ぐ玖遠を見つめつつ、言葉を紡ぐ。

「玖遠様。あなたは優しい、妖です」

玖遠は沙夜の言葉に目を見開く。金色の瞳が少しだけ揺れたのは気のせいだろうか。

やがて玖遠は深い息を吐きながら、沙夜の左手を取り、そのまま自分の頰へと添えた。

「……全く、君は俺を甘やかすのが得意だな。……甘やかしたいのは俺の方なのに」

それはどこか困ったような、けれどどうしようもなく嬉しそうな呟きだった。

「沙夜が俺自身を見てくれるならば、それ以上に心強いことはないよ。……でも、周囲からどんな目で見られようとも、こればかりは付いて回ることだから仕方がないんだ。だって、俺が自分で進むと決めた道だからね」

そう答える玖遠の姿は、自身を追い込もうとしているようにしか見えなかった。

……まるで誰かに寄りかかることを許さないと、己に課しているみたい……。

そこまでしなければならない特別な理由でもあるのかと、沙夜は空いている手で胸元の衿を握り締めつつ訊ねた。

「……一体何が、玖遠様をそれ程までに駆り立てているのですか」

玖遠はふっと真摯な表情になり、ゆっくりと立ち上がる。

「何としてでも手に入れて、この手で守りたいものがあったんだ。……そのために俺は、誰にも文句を言わせない存在にならなければいけなかった」

「守りたい、もの……」

「そうだよ。……だから、沙夜は安心して、俺に守られて欲しいんだ」

いつの間にか、玖遠の手には沙夜の髪の一房が絡められていた。彼が髪に軽く口付けたため、突然のことに沙夜は思わず顔を赤らめてしまう。

気恥ずかしさで目を瞑ってしまった沙夜の右耳に何か冷たいものが当たった気がして、ゆっくりと瞼を開いて動けば、しゃらん、と耳元で音がした。

「えっ？　……あっ、桜の髪飾り、ですか……？」

視界の端で揺れる連なった珠の色は、玖遠の瞳と同じ色だ。身に着けていると心が落ち着く気がするのは、彼に守られているような気持ちになるからだろうか。

「取り返して下さって、ありがとうございます、玖遠様」

「盗人のことは気にしなくていいよ。きっと、二度と盗みなんて働かないだろうから」

一体、その妖に何をしたのだろうか。気にはなるものの、黙っておくことにした。

「やっと君の髪に飾ることが出来た。沙夜に似合うだろうなと思っていたけれど……うん、想像以上に似合っているね。君の可憐さが増しているよ」

玖遠は躊躇うことなく褒めてくるため、くすぐったく感じた沙夜は身を縮めた。そこにはもう、先程までの遠くを見つめているような彼の姿はなかった。

だが、ふと頭を過ぎってしまう。

……玖遠様は私を守ると言ったけれど……ならば、誰がこの方の心を守るというの？

玖遠は確かに強いが、心は目に視えない以上、彼は傷付いても隠すに違いない。

……私はこの方の支えになりたい……。

沙夜はそこで、はっと気付く。彼のために何かしたい、自分に出来ることはないかと探してしまう程、心がいつの間にか「玖遠」によって占められていることに。

以前、玖遠にやりたいことをゆっくりと見つけていけばいいと諭されたが、それと同じかと言われれば、少し違う気もする。自分は彼のために心を尽くしたいと思ったからだ。

そんな望みを持つのは初めてで、戸惑いもあるが何よりも——少し浮き立つような心地がしてならなかった。

玖遠の方を見ると、彼は金色の瞳で見つめ返してくる。その瞳の中に自分だけが映っていると知ってしまえば、形容しがたい喜びが沸き上がってきた。

これまでとは何かが違う。だが、この喜びがどこから来る感情なのか分からず、困惑した沙夜は火照ってきた顔を隠すために、咄嗟に狐面を被った。

……わ、私は……玖遠様に、何の感情を抱いているというの……？

沙夜は思わず、胸を押さえた。どうか、この激しく鳴っている心音が玖遠様には聞こえませんようにと祈りながら。

「ん？　もう、夜市に戻っても大丈夫？」

「は、はいっ。休憩したので平気です」

玖遠が急に顔を近付けてきたことに内心驚いた沙夜は、少し上ずった声で返事をする。

今の自分はどのような顔をしているのかさえ想像出来ないため、急いで狐面を被って、本当に良かった。もし見られてしまえば、それはきっと、自分の心を玖遠に知られることと同じだ。今はまだ、その準備は出来ていないので、覚られたくはない。

「それじゃあ、行こうか」

同じく狐面を被り直した玖遠が左手を差し伸べる。先程までと何も変わらないはずなのに、自分の手をそっと重ねれば、初めて彼の手を取った時とは違う心地がしてしまう。

……どうして、ずっと触れていたいなんて思うの……？　私、変なのかしら……？

沙夜は玖遠に気付かれないように、密かにそんなことを思いつつ、手を握り返す。

ただ手を握って、隣を歩く。それだけなのに、沙夜の心は生まれたばかりの未知の感情を整理出来ず、混乱したままだった。

四章　恋衣

夜市の次の日、沙夜は白雪と共に日当たりの良い簀子で、蓬を竹製の干しざるへと広げるように並べ、天日干しにする作業をしていた。南の守護領域は薬草の群生地が多く、また玖遠が天狗の師匠から調薬について学んだことを活かして、妖達に薬の作り方を教えているらしい。その薬を商人の妖に売っては、日用品などを購入しているとのことだ。

しかし、作業をしながらも沙夜の様子が落ち着かないことを白雪はすぐに見抜き、夜市に赴いた際の話を強請られていた。

「――うひゃぁ……あの玖遠様が……！　それでその後、どうなったんですか？」

「えっと……。私には薄紅色の衣が似合うからって、その場で買って下さったの……」

気恥ずかしさを感じながらも、玖遠から髪飾りと薄紅色の衣を買ってもらった時のことを話せば、白雪は興奮気味に食いついてくる。

「おぉ……。お顔に出てしまうくらいに嬉しかったのですねっ！」

白雪の指摘を受け、沙夜は自分の顔が赤くなっていることに気付き、慌てて袖で顔を隠した。さすがに白雪と親しくても、照れた表情を見られるのは恥ずかしい。

「夜市に一緒に行けなかったのは残念でしたが、楽しまれたようで良かったですっ」

白雪は自分のことのように、にこにこと楽しそうに笑っている。

「……あ、でもせっかく買ったのに、薄紅色の衣はお召しにならないのですか？」

「売っていた衣は少し大きかったから、私の背丈に合うように調整して、後日屋敷へと届けて下さるんですって」

「それは待ち遠しいですねっ。──よし、干すのはこれで終わりです。それでは次のお仕事は何を……」

「……あら、白雪。袂に大きな穴が開いているわ」

白雪が纏う衣の袂には、拳が通る程の大きな穴が開いていた。

「あー……。これはですね、見つけた木の実を限界まで袂へと入れて運んでいたら、重さに耐えきれずに破れてしまって……」

「……穴を塞がないの？」

「実は裁縫は苦手でして……。でも、もう穴が開いていない替えの衣がないんですよね」

八雲にまた怒られる、と言って白雪は肩を竦めていた。

……このくらいの穴なら、すぐに直せるけれど……。

沙夜にとっては容易いことだ。だが、この屋敷で暮らすようになって、裁縫に関することを避けていたのは実家にいた頃を思い出すからだ。

……でも、白雪が困っているし……。私に出来ることならば、手伝いたい……。

沙夜はぎゅっと拳を握り締め、それから少し躊躇いがちに白雪へと声をかけた。

「……良かったら、私がその穴を直しましょうか？」

「えっ！　沙夜様、裁縫が出来るのですか？」

白雪が何故か食い気味に沙夜へと踏み出すように近付いて来たため、頷き返した。

「それはありがたいですっ。さっそく、道具を持ってきますね！」

白雪は衣を繕ってもらえるのが余程嬉しいのか、急いで屋敷の奥へと入っていく。それから程なくして、針箱を持った白雪が戻ってきた。

「宜しくお願いします！　……あっ、衣は脱いだ方がいいですか？」

「そのままでも、繕えるから大丈夫よ。……それじゃあ、針と糸を借りるわね」

針箱の中身は人間が使っているものとあまり変わらないようだ。沙夜は白雪に気付かれないように小さく息を整えてから、針と白い糸を選び取り、すぐに穴を繕い始める。

……久しぶりに針を持ったけれど、思っていたよりも平気みたい……。

沙夜は短く安堵の息を吐いた。以前とは違って、白雪のために自分からやりたいと思ったからだろうか。

「いやぁ、助かりました。何せ、この屋敷には針仕事が出来る方がいないので……」

「そうなの？」

「少し前まで真伏さんのお孫さんで針仕事を担当している方がいたんですが、結婚なさって、少し遠くの場所に引っ越したんです。なので、ここ最近はずっと、行商の方から新しい衣をまとめて買って、古くなった衣は雑巾にしていました」

「……それは……大変だったわね……」

「まぁ、基本的に妖は手先が器用ではない方が多いですから。ほら、人間と妖の手って、人形が全く違うでしょう？　……例えばですが、八雲さんが普段から変化しているのも、人間の手の方が、作業効率が良いからだそうです」

白雪の話を聞きながら相槌を打ちつつ、沙夜は衣に開いていた穴を繕い終えた。

「はい、出来たわ。前よりも頑丈な縫い方にしたから、これで簡単には破れないはずよ」

「えっ、もう!?　あわわ……ありがとうございます、沙夜様！」

白雪に真っ直ぐお礼を告げられ、沙夜は少しだけ気持ちが浮き立つ。

……そういえば、こんな風に自分が縫ったものに対して、誰かにお礼を告げられたことなんて、なかったわね……。

いつだって、衣と睨み合うように仕事をしていただけで、衣を着ている相手について考えることなどなかった。だからこそ、白雪が喜ぶ顔が嬉しいと素直に思った。

すると、背中に視線を感じたため、何気なく振り返ってみれば、簀子の曲がり角にある柱からこちらを覗き込むように見ている妖の姿があった。

「あれっ？　漆乃さんじゃないですか。どうしたんですか、そんなところで」

沙夜の視線の先に、黒毛で尾が二つに分かれている猫の妖、漆乃がいることに気付いた白雪が彼女へと声をかけた。漆乃は確か、朝尾の妻だと聞いている。沙夜も屋敷の妖達と挨拶くらいは交わせるようになってきたが、まだ漆乃と深く関わったことはない。

漆乃は気まずげな表情で、柱の陰から姿を現し、沙夜達の前へとやって来る。

「……いや、不器用なはずの白雪が針箱を抱えて行ったから、どうかしたのかと気になってね。……でも、すごいわねぇ、あっと言う間に穴を繕って……」

漆乃の視線は白雪の衣の袂へと向けられ、何故か感心するように深く頷いている。

「……普通に縫い直すんじゃなくて、どうしてわざわざ頑丈に繕ったんだい？」

どこか探るように漆乃は訊ねてくる。

「えっと……。白雪は普段から、袂に食べ物を入れてしまう癖があるので……。強度を増す縫い方をすれば、白雪も安心して物を入れられるのではと思いまして……」

沙夜がおずおずと答えれば、漆乃は難しいことを考えているような素振りを見せた。

「……なるほどねぇ。白雪の性格を知っているからこそ、白雪のためを思って、工夫した縫い方にしたってわけだ。……どうやら、本当に他の人間とは違うみたいだね」

それは何かに納得するような呟きで、最後の一言はあまり聞き取れなかった。

「ねぇ、嫁殿。もし良かったら、あたしに裁縫を教えてくれないかい？」

「えっ？　わ、私が……ですか？」

漆乃からの突然の申し出に、沙夜は驚いてしまう。これまで、屋敷の妖達が沙夜に何かを頼んだり、関わってきたことはなかったからだ。

「あたし、掃除は得意なんだけれど、指先を使うことはどうも苦手でね。……実は今度、子どもが生まれるから、その子のために自分の手で縫ったものを着せてやりたいのさ」

漆乃は自身のお腹を優しく撫でながら、小さく笑った。

「まぁ……！　それはおめでたいですね……！」

「なんとっ！　ご出産された時はお祝いですね！　ご馳走を用意してもらいましょう！」

漆乃を見ていると、自分に愛情を注いでくれた乳母のことをふと思い出した。今はもう手元にないが、乳母が縫ってくれた衣は宝物の一つだった。漆乃と乳母の姿が重なり、母が子に向ける愛情に、人間も妖も違いはないのだと改めて思った。

「……分かりました。私で良ければ、お教えします」

「いいのかい！　……さっそく宜しく頼むよ、と言いたいところだけれど、今は材料がないからねぇ」

嬉しそうに笑った漆乃だったが、すぐに困ったような顔へと変わった。

「そういえば布地は使い切っていましたね。……確か、いつもこの時期に金継さんが行商に来ているので、その際にまとめて購入しましょうか」

「金継さん？」

誰のことだろうかと沙夜が首を傾げると、漆乃が教えてくれた。

「半年に一度、この屋敷へと行商に来る商人さ。化け狸でね、頭領の古い友人なんだよ。……それじゃあ、嫁殿に裁縫を教わるのは布地を買ってからということで」

漆乃に頷き返しながらも沙夜は内心、緊張していた。

……誰かに裁縫を教えるのは初めてだわ。分かりやすく、教えられるかしら……。でも、せっかくの機会だもの。漆乃さんとも、親しくなれるといいけれど……。

そんなことを思いつつ、沙夜は両手をぎゅっと握り締めた。

裁縫を教えることが嫌なわけではないが、不安なことが一つだけあった。それは自分が持っている不思議な力のことだ。

だが、ここは実家ではないし玖遠もいる。たとえ不思議な力について知られたとしても、誰かにあの力を使うようにと強要されることはないのだと、沙夜は密かに息を吐いた。

漆乃と約束してから数日後、先日、日向に干して乾燥させた蓬を沙夜は玖遠と共に回収していた。薬を作ることに興味を抱いた沙夜がその過程を見学したいと玖遠に頼んでみたところ、時間がある時に彼自ら作り方を教えてくれるとのことなので楽しみだ。

乾燥した蓬はすり潰した後、止血や鎮痛などの薬にするらしい。

「よし、どれも完全に乾燥した状態になっているな。……沙夜が白雪と一緒に作業してくれて良かったよ。ほら、白雪は少しだけ雑なところがあるからね……」

「……げ、元気な証拠ですよ」

沙夜の言葉に玖遠が苦笑を返してくる。

二人で丁寧に、乾燥した蓬を布の上へと移している時だった。からん、からん、と硬いものに何かが接触した音が響き、次第に屋敷へと近付いて来ていることに気付く。

「……あいつが来たか」

玖遠は珍しく顔を少し顰めて、蓬を布で包んだものを懐へと入れてから立ち上がった。

彼の視線の先には、屋敷の敷地内へと入ってくる妙な格好をした人影があった。その人物が歩くたびに、腰にぶら下げている土鈴がからんと音を立てている。

「——金継」

玖遠が大きな竹行李を背負っている人影に向かって名前を呼べば、その者は深く被っていた笠を取り、顔を現した。

「おお、玖遠！　お前が出迎えてくれるなんて、今日は雪でも降るんじゃないか？」

にこやかだがどこか軽薄そうな口調で返事をしたのは、人間の姿をしている青年だった。

山吹茶色の髪は櫛が通せないのではと思える程の毛量で、大雑把に一つに括られており、玖遠を見ている枯茶色の瞳にはどこか人懐こさが含まれていた。

……でも、今、玖遠様はこの方のことを「金継」って呼んでいたけれど……。

先日、白雪達との会話の中で出た商人と同じ名前だが、確か化け狸だと聞いている。

「いやぁ、お前に色々聞きたいことと、伝えておきたいことがあって──な……」

金継と呼ばれた青年は玖遠の傍に沙夜がいることに気付くと、大きく目を見開いた。

「えっ⁉　人間っ⁉　はっ⁉　でも、玖遠の妖力を纏っているということは……。おい、玖遠！　お前、結婚したのかよ！」

金継は草履を脱ぎ捨てながら、玖遠が立っている簀子へと駆け上がってくる。

「うるさい。お前はいつも声が大き過ぎるんだよ。あと土鈴もうるさい」

「土鈴は俺が来たぜって合図だから仕方がないだろう？　それよりも、嫁の話だ！　そんな気配なかったのに、いつ嫁を娶ったんだよ！　いやぁ、本当にめでたいなぁ！」

金継は玖遠の背中をばんばん叩いているが、一方の玖遠は盛大に顔を顰めている。

……とても親しくしていらっしゃる方なのね。

玖遠の配下の妖の中に、そのようなことをする者はいない。それ故に、面倒くさそうな顔で金継に対応している玖遠の姿を見るのは何だか新鮮に感じられた。

すると、金継の視線がぐるんと沙夜へと向けられる。

「やぁ！　俺は化け狸の金継だ。玖遠とは天狗の師匠のところで一緒に修行して以来の仲でな。……あ、人間は喰わないから、安心してくれよな！」

捲し立てるような勢いのまま、金継は沙夜と握手しようと手を伸ばしてくる。しかし、その瞬間、玖遠によって金継の手は叩き落とされた。

「痛っ！　何するんだよ、玖遠！　お前の嫁に挨拶をしていただけだろう！」

「自然を装って俺の妻に触れるな！　――沙夜、この狸のことは無視してくれて構わないから。あ、でも、もし嫌なことをされたら俺に言うんだよ？　すぐに狸鍋にするからね」

玖遠は沙夜を後ろから抱き締めつつ、金継に対して、空いている手で虫を追い払うような仕草をする。

「うわぁ、ちょっと引くわ……。お前、俺と嫁に接する時の態度、全然違うんだな……」

「引くな！　そもそもお前は商売をしに来たんだろうが、商売を！」

玖遠が眉を深く寄せながら金継を睨めば、彼はわざとらしく肩を竦めた。

「いやぁ、でも玖遠が結婚かぁ……。……それなら、この薄紅色の衣をお前が買ったことにも納得だぜ」

金継は背負っていた大きな竹行李をその場に下ろし、縛っていた麻縄を解いて蓋を開けた。そこには丁寧に畳まれている薄紅色の衣があった。

「……何でお前がこの衣を持っているんだ」

「ここに来る前に大蜘蛛の姐さんのところに寄ったんだが、ついでに配達を頼まれちゃってね。えーっと、沙夜さん、だっけ？　はい、どうぞ。……さっそく着てみる？」

「え、あっ、ありがとうございます……？」

金継に返事をしながらも、沙夜は確認するように玖遠の方へと視線を向ける。

「着てみるといい。俺も沙夜がこの衣を纏った姿を見たいな」

「うへぇ、口の中が一気に甘くなった……。——ごふっ」

今、玖遠が金継の腹部に向けて、拳を一発お見舞いしていたように見えたが、気のせいだろうか。玖遠は気にするなと言わんばかりに笑顔のままだ。

沙夜はおずおずと着てみる。以前、夜市で袖を通した時よりも、裾が足元に付かない程に調整されているので動きやすく、何より布地が滑らかで触り心地が良かった。

「い、いかがでしょうか」

「似合っているよ。まるで春の花から生まれる花妖のような可憐さだ。……やはり、予備にもう一着買っておくべきだったか……」

玖遠が本気で悩み始めたため、沙夜は首をぶんぶんと横に振った。そんな光景を金継はどこか感心するような表情で見ているので、沙夜としては気恥ずかしいのだが。

「金継、ご苦労。もう、帰っていいぞ」

「お前、本当、俺には冷たいよな……。まぁ、嫁を迎えたならば時間をそっちに割きたいのは分かるけれど、そんなに焦るなよ。今日は商売のためだけじゃなくて、色々と伝えておかなきゃいけない話があって、ここに来たんだからよぉ」

金継は階に腰掛け、行李から様々な品を取り出し始める。

「……ここ最近のことだが、『妖狩り』が周辺の山々をうろついている。奴らと鉢合わせして、怪我をした妖達もいるみたいだ」

「何だと？　……会ったのか」

玖遠の声色が低くなり、「頭領」の顔へと変わった。沙夜も自然と身体が強張ってしまうのは、妖狩りがどのようなものか理解しているからだ。

「ほら、俺の変化の術は看破されない程に巧みだろう？　おかげで顔を合わせても気付かれなかったが……あれは中々の手練れだな。気を付けた方が良いぞ」

「……そうか。配下の者にも伝えておくよ」

「お礼は屋敷に十日程、泊まらせてくれるだけでいいぞ。最近は野宿続きでなぁ」

「お前はいつも勝手に泊まっていくだろうが。……ただし、沙夜には手を出すなよ？　そんなことをすれば、狸の丸焼きにしてやるからな」

「いちいち、狸料理を出すな！　肝が冷えるだろ！　……そういえばこの前、大蛇族の守護領域で商売しようと寄ったんだが、あの辺りは以前と比べると随分と荒れているな」

「ああ、東か。数年程前に妖狩りと争ったと聞いているから、その影響かもしれないな」

二人のやり取りを眺めていた沙夜だったが、ふと、あることを思い出す。

「あの、玖遠様。金継さんから布地を購入出来ると白雪達に聞いたのですが……」

「ん？　ああ、漆乃が新しい布地を欲しいと言っていたな。……金継、お前が持っているありったけの布地を今すぐ出せ。買わせてもらおう」

「嫁が絡むと本当に見境ないな……。まぁ、商売になるから、いいけどよ」

苦笑しながらも金継は行李から次々と布地を出して、広げていく。

そこへ土鈴の音が聞こえたのか白雪達もやって来て、皆で布地を選ぶことになったが、玖遠が本当に全部の布地を買おうとしたので沙夜は慌てて止めるしかなかった。


友人同士で積もる話があるのか、玖遠は半ば強引に金継にお茶に誘われていた。

その間、沙夜は買ってもらった布地を使って、漆乃に裁縫を教えることにした。意外にもこの場に参加しているのは白雪だ。普段は食い気を優先しがちな白雪だが、自分好みの衣を縫うことに興味はあったようで、これを機に習うことにしたらしい。

「布地だけじゃなくって、糸もたくさん購入出来て良かったですねぇ」

「……玖遠様を止めなかったら、本当に全部の品を買い上げてしまうところだったわね。

……それはそうと、あの金継という方を見た時、最初は人間かと思ったわ」

「あの方の変化の術は素晴らしいですよね！　本来は由緒正しい化け狸の一族の生まれとのことですが、金継さんは一族のしがらみを嫌って、自由気ままな商人になったそうですよ。なので、化け狸の一族の中では変わり者扱いされているとお聞きしました」

「変わり者？　とても気さくな方なのに……」

「金継さんは他の妖と違って、自ら変化してまで人間達の中に交じる程、人間に好意的な方なんです。でも、一族の狸達はそれを快くは思っていないみたいですね……」

「確かに、表立って人間が好きだと言っている妖は珍しいかもしれないわね」

白雪曰く、金継から見ると人間はとても楽しくて面白い生き物として映っているらしい。

それ故に、沙夜に対して嫌悪の感情を向けてこなかったのかと納得した。

「……それにしても、本当に手先が器用だねぇ、嫁殿は。……子どもの分の衣を作った後は、旦那の分も作ってやりたいから、あたしもしっかりと覚えないとねぇ」

沙夜の手元の針の動きを見ながら、漆乃は必死に衣を縫っている。彼女の沙夜に対する態度は最初と比べるととても穏やかで気さくなものとなっていた。

「漆乃さんは本当に朝尾さんがお好きですねぇ」

「……白雪、あんたも年頃なんだから、好きな相手とかいないのかい？」

「ほえ？　うーん、好きな相手……よく分かりませんが、そうですね……私に毎日、美味しいものを作ってくれる方とか？　あとは美味しいものをくれる方とかが好きです！」

「……こりゃあ、八雲も気を長くするしかないねぇ。まぁ、結婚だけが愛の形というわけじゃないし、これはこれで……。いや、八雲が不憫なことに変わりないか……」

ぼそりと漆乃が何かを呟いたが、沙夜には聞こえなかった。

「そういや、嫁殿の……。人間には結婚の儀式ってのがあるんだって？」

世間話のついでのように漆乃が訊ねてくる。漆乃は人里には近付かない妖ゆえに、人間のことをあまり知らないらしい。

「そうですね……。人間にとっての結婚は家同士の繋がりを深めるものなので、自分達が夫婦になったと周知させるために親族を呼んで祝言を……ええっと、宴をするそうです」

「宴……！　つまり、その祝言とやらではご馳走が食べられるということですね！」

白雪はやはり、そこに食いついたようだ。

「それじゃあ、妖みたいに好きな相手と添い遂げるってのは難しいのかい？」

「あ、これは貴族の場合であって、他の……貴族ではない方はもう少し、自由かと」

沙夜は乳母に聞いていた話を何とか思い出しながら答えた。

「ほへぇ……。人間の結婚って、妖とは違うんですね」

「妖は祝言なんてしないからねぇ。お互いの妖力を纏い合って、共寝をするだけだし」

「えっ……。……そうなんですね」

沙夜は出来るだけ感情を覚られないように気を付けながら、返事をした。

……妖は祝言をしないものなのね……。知らなかったわ……。

祝言とはつまり、家と家に認められた婚姻であることを示すものでもある。

少し残念に思っているのは、無意識に祝言というものに憧れを抱いていたからだろう。

何故なら、自分は人間としても妖としても結婚の儀式が出来ないからだ。妖は己の妖力をお互いに纏わせるとのことだが、妖力を持たない沙夜には不可能だった。

だが、纏わせる、という言葉を頭の中で反芻し、あることを思い付く。

……私は妖力を持っていないけれど、この手で衣を仕立てることが出来る……。それなら、私が仕立てたものを妖力の代わりに玖遠様に纏って頂ければ……。

少しくらいは妖の夫婦らしくなるのではないだろうか、とそんな案が思い浮かんだ。

もし、玖遠に仕立てたものを贈ったら、喜んでくれるだろうか。少しでも良いから喜んでくれたら、嬉しいと思う。

沙夜は金継から購入した布地を確認したが、玖遠に合いそうな色のものはなかった。

……確か、金継さんが扱っていた品の中に、宵闇色の布地があったような……。

裁縫をしている白雪達に、すぐに戻るからと伝え、沙夜はその場を離れた。

金継は玖遠とお茶をしているとのことだが、どこにいるだろうかと屋敷の中を捜していると、簀子に座り、椀に入ったお茶を飲みながら庭を眺めている彼の姿を見つけた。

「……ん？　おや、沙夜さんじゃないか。玖遠に用事かい？　悪いけれど、たった今、八雲に呼ばれて退席中だよ」

玖遠にはまだ秘密にしておきたいので、ちょうど良かったと沙夜は胸を撫で下ろした。

「あの、金継さんに布地を売って頂きたくて」

「おお、いいとも！　さて、何色の布地をご所望かな？」

金継はすぐに行李を開き、中身を見せてくれた。

「宵闇色の布地が……ありましたよね」

「宵闇色……。ふむ、君の瞳と同じ色だね？」

指摘を受けた沙夜は頬が少し熱くなるのを感じながら、首を縦に振った。しかし、沙夜はここで気付いてしまう。

……そういえば、私……玖遠様に買ってもらってばかりだったから、物々交換出来るようなものを持っていないわ……。

どうしようかと、慌てる沙夜の様子に気付いたのか、金継は苦笑し始めた。

「なるほど、どうやら玖遠には秘密でこの布地を買いたいってことかな？」

「そ、そうなのです。……あの、後払いなどは出来ますか？」

今は支払う術を持っていないが、自分の力で作ったものを次の機会に渡せれば、と窺うように訊ねると、金継は何かを思い付いたのか、沙夜へと視線を返した。

「そうだなぁ。……それじゃあ、一つだけ君に頼み事をしようかな」

「頼み事、ですか」

「……どうか、玖遠を幸せにしてやってくれ」

金継はそれまで浮かべていた表情から一変し、どこか憂いと願いを含めたような顔で沙夜へと告げた。そのようなことを言われるとは思っていなかった沙夜は彼を凝視する。

「君が玖遠を幸せにすると約束してくれ。それが、対価だ」

金継は決して、冗談で言っているのではないと表情を見れば分かる。

「あいつはほら……自分が半妖だってことをずっと気にしているからさ。こっちはそんな目で見ていないってのに。……あれだけ強いというのに、ちょっとばかり臆病な奴だから、どんなに仲良くなろうとも、必ず一線を引いてくるんだ」

「……」

「そんな奴が自分の意思で人間の嫁を迎え入れたんだ。友人としてこれ以上、嬉しいことはないね。……だから、どうか俺に見せてくれ。あいつが君の隣で幸せそうに笑っている顔をさ」

まるで過去の悔いを吐露するように、金継は寂しげに笑った。

「……私に……出来るでしょうか」

「沙夜さんにしか出来ないさ。だって、君は玖遠が唯一、選んだ相手だからね」

そう言って、金継は片目を軽く瞑りつつ、沙夜へと宵闇色の布地を渡してくる。

「あの、金継さん。私は幸せにする、ということが自分でもよく分かっていません。ですが、玖遠様の支えになりたいと思っているんです。……それでも、いいでしょうか」

沙夜の返事に対し、金継はくしゃりと小さく破顔した。

「十分さ。……さぁ、そろそろここから立ち去った方が良い。玖遠が戻ってくるからね」

「……ありがとうございます。大事に使わせて頂きます」

戻るようにと促してくる金継に向けて深々と頭を下げ、貰った布地を大事に抱えながら、その場を去った。

背中に視線を感じつつも、振り返ることはなかったが、自然と背筋が伸びた気がした。


その日から、沙夜は玖遠に秘密で彼のために羽織を縫い始めた。

……でも、不思議ね。実家にいた頃は、針仕事は苦痛だったはずなのに、今はどうしてこんなにも心が弾むのかしら……。

不思議な力などなければと何度も願ったことはあるが、今だけはそうは思わなかった。

それはきっと、今、針を持っているのが玖遠のためだからだろう。

生まれて初めて、自分の意思で衣を仕立てることを決意した沙夜は、今までで一番、最高の仕上がりにしようと黙々と針を動かし続ける。

……どうか、この羽織が玖遠様の助けになりますように。どうか、玖遠様を守ってくれますように……。

妖力が強い玖遠が怪我をすることは滅多にないだろう。それでも、彼を守って欲しいと気持ちを込め続け、丁寧に縫っていく。

元々、沙夜は一着を仕立てるのに一日程しか掛からない。だが、今回は玖遠に知られないように隠れながら縫っていたので、結局仕上げるのに数日掛かってしまった。

「ふぅ……やっと完成したわ……」

最後に糸で玉を作ってから、余った糸をぱちんっと鋏で切った。あまり派手にならないようにと紺色の糸で刺繍もしてみたが、中々良い出来栄えになったと思う。

「……喜んで下さるかしら」

胸の奥が疼き、沙夜は口元が緩んだのを誤魔化すように、一度咳払いをしてから、羽織を綺麗に畳んだ。あとは玖遠に渡すだけだ。

羽織を抱えながら立ち上がり、屋敷内にいるはずの玖遠を捜すことにした。

だが、屋敷の外から騒がしい声が聞こえたため、沙夜はそちらへと身体の向きを変えた。

外へと通じる渡殿を歩き、簀子の角を曲がった先の階の下に広がる庭を見た瞬間、沙夜の身体は強張ってしまう。

庭に敷かれた筵の上に、横になっていたり、座り込んだりしている見知らぬ妖達が大勢いた。彼らが負傷していると気付き、沙夜は血を見ないようにと無意識に視線を逸らす。

「……沙夜。今は、あまり表に出ない方が良い」

背後から声をかけてきたのは、気難しい顔をしている玖遠だった。

「玖遠様……。あの、一体何が……？」

「彼らの怪我は妖狩りの仕業だ。俺の庇護を求めて、ここまで来たんだろう。……金継が言っていた通りだな」

「そんな、妖狩りが……」

玖遠は腕を組みつつ、怪我をした者達に視線を向ける。

先程、ちらりと見た時、玖遠の配下の妖と一緒に金継も手伝っているのか、負傷した妖の傍らにいた。恐らく、総出で負傷した妖達の手当てをしているのだろう。

「どうやら彼らは、妖に扮する術を鬼面に施した人間達に襲われたらしい」

「え……」

その瞬間、脳裏に浮かんだ「人間」のことを思い出し、沙夜は声を震わせてしまう。

「わ、私……。この前、鬼面を被った人を見たんです……夜市の時に」

「夜市の時に？　ふむ……」

「そのうちの一人が……あの、私の……許嫁と紹介された人に似ていて……」

「だから、あの時、君は思わずその場から離れたんだね」

「……黙っていて、すみません。私もその方が本人なのか、確証はなくて……。だから、私の追っ手が……妖達を傷付けたのでは、と……」

最後はか細い声になってしまう。自分のせいで他者が巻き込まれて傷付くなんて、最悪にも程があるだろう。

沙夜が青褪めていると、優しく撫でるように頭にぽんっと玖遠が手を置いてきた。

「己を責める必要はないよ。……妖狩りの中には、巧みな術を使う奴もいるんだ。一時的とは言え、妖に扮する術を使うのは奴らの常套手段だから、見慣れない者がいたらこちらが警戒すれば良いだけだ」

それに、と玖遠は言葉を続け、沙夜の頬を指先でゆっくりと撫でる。

「もし、追っ手ならば、絶対に君に手出しはさせないから安心して欲しい」

断言する玖遠の瞳の力強さに、沙夜は密かに安堵の息を吐いた。

「それじゃあ、俺は彼らの手当てを手伝ってくるから。……さて、急いで傷薬を作ったけれど、足りるかな……」

玖遠は薬を布で包んだものを少しだけ開きつつ、妖達の方へと歩いて行った。

手助け出来ないことを申し訳なく思いながら、沙夜が屋敷の中に戻ろうとした時だ。

「──何で、ここに人間がいるんだっ！」

突如、鋭い声が響き、沙夜の身体はその場に縫い留められた。

この場にいる「人間」は自分だけだ。柱の陰になっているものの、簀子に立っていた沙夜の姿が見えたのだろう。猿に似ている妖が沙夜を真っ直ぐに指差していた。

「俺達は何もしてねぇってのに、お前ら人間のせいで……！」

はっきりと向けられる激しい感情に、沙夜は戸惑ってしまう。先日、沙夜を殺そうとした風香とはまた別の負の感情だ。

沙夜を睨む妖達の目には憎しみだけではなく、悲しみや怒りも混じっていた。

「なっ……！　沙夜様は違いますよ！　妖狩りの人間と一緒にしないで下さいっ」

「この子はちゃんと妖のことも考えてくれるお人さ。そう嚙み付かなくてもいいだろう」

白雪と漆乃が、吠えた妖に対して反論する。その言葉は沙夜を庇うものだった。

「人間なら皆、同じに決まっている！　奴らはいつも、俺達みたいな力が弱い妖を平気で傷付けるんだ……！」

「……っ！」

投げかけられた言葉は沙夜の心に深く突き刺さった。たとえ、屋敷の妖達と打ち解けてきたと言っても、何も知らない妖から見れば、自分は人間以外の何物でもないのだと改めて思い知ったからだ。

まるで頭を殴られたような衝撃を受け、動揺した沙夜が動けなくなっている時だった。

「お前達のせいで……！　人間なんて、いなければ……！」

妖の一人が怒りの衝動のまま、地面を引っ掻くようにしながら泥を握り締め、その塊を沙夜へと投げてくる。しかし、沙夜はそれに反応することが出来ずにいた。

「っ、沙夜！」

咄嗟に玖遠が風を操り、泥の塊を吹き飛ばしたが全てとはいかなかった。顔には付かなかったが、持っている羽織に玖遠が吹き飛ばし損ねた泥が付着する。

「……っ⁉」

妖達の憎悪の圧を受けて、すぐに動けなかった自分も悪いと分かっている。だが、玖遠を一心に想って丁寧に仕立てた羽織を汚され、悲しくないわけがない。

そこに一段と低い声が響いた。

「お前達……。彼女は俺の妻だ。たとえ人間が憎かろうとも、俺の妻に牙を向けることは誰であっても許さん。怒りの矛先を向けるのは『人間』ではなく、お前達を襲った奴らだろうが。そこを履き違えるな」

「なっ……」

「この守護領域にいる以上は、頭領の俺に従ってもらう。庇護下に入りたいならば、今後、沙夜を傷付けないことが条件だ」

妖達は苦い表情をしていたが、玖遠が持っている布の包みが匂いで薬だと気付いたようで、それまで沙夜へと恨みがましい目を向けていた彼らは気まずげに視線を逸らした。

「……わ、分かった。頭領に従う……っ。だから、俺達を助けてくれ……！」

負傷しているうちの一人がそう答えれば、他の妖達も同意するように頷き返した。

「……良いだろう。怪我が治るまでは、世話をしてやる」

玖遠はふぅっと深い息を吐いてから、持っていた薬を近くにいた八雲へと渡した。

「八雲、この薬の使い方は分かるな？　……あとは任せた」

配下の者達にその場を任せると、玖遠は踵を返し、沙夜のもとへと戻ってくる。

「……沙夜、すまない。嫌な思いをさせてしまって」

「い、いえっ。あれ程、人間を嫌っている方に会うのは初めてだったので、少し驚いただけです。動けなくなった私も悪いですし……。むしろ、彼らに嫌な思いをさせたのは私の方ですから……」

首を横に振りながらも、内心は気落ちしている沙夜は手元の羽織へと視線を落とした。

……せっかく仕立てたけれど、この羽織は渡せないわ。

付着した泥は、一度乾かしてから叩き落とし、洗わなければ綺麗な状態に戻らないだろう。そもそも汚れたものを贈り物にするのは失礼ではないだろうか。

完成したからと浮かれていなければ、二人きりの時にでも渡せたはずだ。後悔や悲しみが込み上げてきて、玖遠にそんな顔を見せられないと、沙夜が背を向けた時だ。

「待ってくれ、沙夜。……その羽織、俺のために仕立ててくれたんだろう？」

「なっ……。どうして、それを……」

「白雪が教えてくれたよ。君が楽しそうに宵闇色の羽織を縫っているって」

沙夜は少しだけ、苦いものを食べたような表情を浮かべてしまう。口止めしていなかった自分も悪いが、素直な白雪ならば嘘など吐けないだろうと沙夜は肩を竦めた。

「……私は普通の『妖』の夫婦のように、玖遠様に妖力を纏わせることは出来ませんないものねだりをしても、自分は人間なのだから無理な話だ。

「でも……。それなら代わりに、私が仕立てた羽織を……『妖力』に見立てて、羽織ってもらえないかと思いまして……」

妖力がないから羽織を――。つまり、自分は玖遠の妻だと周囲に示したいと言っているようなものだと、後から気付いた時には遅かった。

「なるほどね」

玖遠も沙夜の意図に気付いたのか、口元を緩めている。彼から向けられる視線を受け、居た堪れなくなった沙夜は小さく俯きながら言葉を続けた。

「ですが、あのっ……。こ、この羽織は私の不注意で汚れてしまったので……。……もう少しだけ待っていて下さいませんか。新しく仕立て直しますので……」

「いいや、俺が欲しいのはこの羽織だけだよ」

そう言って、玖遠は沙夜が抱き締めていた羽織をひょいっと取り上げた。一ヵ所、泥で汚れてしまった羽織を彼は羽を広げるようにしながら纏った。

「く、玖遠様っ？　汚れてしまいます……！」

取り返そうと手を伸ばしたが、その手は玖遠によって阻まれ、簡単に摑まれてしまう。

「ねぇ、沙夜。君はこの羽織を仕立てる時、俺のことを考えてくれた？」

「それは……はい、もちろんです。どうすれば、玖遠様に喜んでもらえるかと色々と考えながら仕立てました」

沙夜がそう答えれば、玖遠は嬉しそうににっこりと笑った。

「俺にとってはその気持ちが何よりも嬉しいんだよ。今、欲しいのは『新しい羽織』じゃなくて、俺を想って仕立ててくれたこの羽織なんだ」

「玖遠様……」

「君が気にするならば、この泥も後から自分で落とすよ。だから……これから、ずっと大事にさせて欲しい」

玖遠は優しい手付きで羽織を撫でた。

……この方は……私が羽織に込めた想いさえも、受け取って下さるのね……。

ただ、一心に玖遠のためだけを想って、仕立てたもの。彼はそれを理解した上で、大事にすると言った。玖遠に大事にされているのだと、実感してしまえば、温かな心地が胸の奥にじんわりと沁みていく。

「それにこの羽織、他の衣と比べると少しだけ違うようだ」

どういう意味だろうかと沙夜は首を傾げた。

「ほら、俺は半妖だろう？　……常に妖力を一定に制御し続けるのは、結構神経を使うんだ。でも、この羽織を着ていると妖力がいつもよりも安定するから、気が楽だよ」

「安定、ですか……？」

「何というか、気持ちがすごく落ち着くんだ。もちろん、着心地も良いけれど、何より羽織っているだけで沙夜を身近に感じるからだろうね」

そんなことをさらりと言ってしまう玖遠に、沙夜は少し照れてしまう。

「素晴らしいものをありがとう、沙夜」

「……微力ながらも、玖遠様のお役に立てたならば、嬉しいです」

返事をしつつ、沙夜は玖遠に気付かれないように安堵の息を吐いた。

……玖遠様を守って欲しいと祈りながら作ったから、もしかして……。

不思議な力が羽織に付与されたのだろう。だが、実家に居た頃よりも、この力を嫌だとは思わなかった。

……私は……きっと、認めてもらいたかったのね。ただの道具としてではなくて……大事に、されたかったんだわ。

力も、仕立てたものも、自分自身も。全て、認められたかっただけなのだろう。

玖遠の笑顔を見て、生まれて初めてこの力を持っていて良かったと素直に思った。

「……あ、それなら……」

沙夜はふと思い付いたことを口に出しかけてしまう。

「ん？　どうかした？」

「あの、本当は私も怪我をしている妖達の手当てやお世話を手伝いたいのですが……」

「でも、沙夜は血が苦手だろう？　それなら、無理をしない方がいいよ」

「はい。……なので、気安めにしかならないかもしれませんが、治癒祈願のお守りというか、匂い袋みたいなものを作って、お贈りしようかと思いまして」

もちろん、思い付いたのはただの匂い袋などではない。自分が仕立てるものには治癒効果も持たせられるはずだ。少しでも力になれるのなら、と思った。

「ふむ……。それなら、香の代わりに鎮静効果がある薬草がいくつかあるから、それを中身として使うと良いよ」

「あ……ありがとうございますっ」

お礼を告げる沙夜を、玖遠はどこか眩しいものを眺めるような瞳で見つめてくる。

「……やっぱり、沙夜は優しいね。本当なら、傷付けようとしてきた相手を君が気遣う必要はないのに……」

ぼそり、と玖遠は何かを呟いたが、聞き取れなかった沙夜は首を傾げた。

「何でもないよ。……それじゃあ、金継から必要な布地を買ってくるから部屋で待っていてくれる？」

「……買い過ぎないようにして下さいね」

沙夜が顔を覗き込みながら告げれば、玖遠は苦笑しつつ、肩を竦めていた。


用意してもらった材料を使い、沙夜はさっそく匂い袋を作り始めた。衣を一着仕立てるよりも、時間はかからないが、それでも沙夜は一つずつ丁寧に縫った。

……どうか、妖達の怪我が早く治りますように。どうか、妖達の怪我の痛みが引きますように。どうか、傷が塞がりますように。

ひと針、ひと針、祈るようにしながら匂い袋を作っていく。

そして、乾燥させた薬草を砕いたものを袋の中に少量ずつ詰めて、最後は細く短い紐で蓋をするように口を縛った。

「……これで完成……」

短く息を吐いて、蔀の向こう側の空を見上げれば、いつの間にか夕方になっていた。出来上がった匂い袋は、様々な色の布を使って作っている。沙夜はそれらを折敷の上へと並べるように置いてから、立ち上がった。

向かう先は、負傷した妖達が滞在しているところだ。屋敷には空いている部屋があったが、一度に世話が出来るようにと、一番広い廂に畳などを運んで敷いたらしい。

だが、沙夜は廂へと続く妻戸の前で立ち止まってしまう。妻戸の向こう側には、自分に恨みがましい目を向けてきた妖達がいる。

……全ての妖が玖遠様や白雪達と同じように、人間を受け入れてくれるわけではないと分かっているわ。それでも……私に出来ることがあるならば、手助けしたい。

自分は、妖の頭領の妻なのだから。

一つ深い息を吐いてから沙夜は妻戸を開き、廂へと入った。

「あ……沙夜様……」

ちょうど、食事の時間だったのだろう。負傷者でも食べやすそうな食事を折敷に載せて運んでいる白雪と八雲がいた。

「おい、娘。手伝いならば、十分に足りているぞ。お前は奥に戻っていろ」

八雲は突き放すようにそう言っているが、恐らく先程のやり取りを見ていたからこそ、負傷した妖達に沙夜が害されるのではと気遣ってくれているのだろう。案の定、負傷した妖達は言葉には出さないものの、醸し出される彼らの空気が沙夜を拒絶していた。

「その……こちらを身に着けて頂きたいと思いまして」

突き刺さる視線の中、沙夜は声が震えないように気を付けながら、妖達の前へと匂い袋を並べた折敷を置いた。

「匂い袋なのですが……。少しでも怪我の治りが早くなるようにと思って作りました。鎮静効果のある薬草が入っています」

「人間が作った怪しいものなんか、触るわけねぇだろ」

鋭い言葉を吐いたのは、沙夜へと泥を投げつけた妖だった。

これまでの長年の経験から、この匂い袋にも不思議な力が宿っているという自信があった。けれど、それを妖達に表立って告げることは出来ず、沙夜は言葉をぐっと喉の奥へと飲み込んだ。

「……あなた方が人間を嫌っていることは承知しています。ですが、私は……この屋敷の一員です。ならば、迎え入れた方に心を尽くすのは、間違ったことではないはずです」

「……」

「こちらに置いておきますので。……あとはご自身の意思に任せます」

人数分作っているが、強要してまで身に着けさせたいわけではない。ただ、少しだけ手伝いをしたかったという小さな我が儘だ。

「……白雪達の邪魔をしてしまって、ごめんなさいね。すぐに戻るわ」

沙夜はこちらを見ていた白雪に向けて口元を緩める。そして、踵を返して廂を歩き、妻戸から出た後、妖達に見えない場所で深い息を吐いた。

「――君も大概、お人好しだねぇ。いや、それとも似たもの夫婦と呼ぶべきか」

「っ!?」

驚いた沙夜が顔を上げれば、妻戸のすぐ傍には何故か金継が腕を組みつつ立っていた。

「玖遠が俺からまた布と糸を買っていったから、今度は何を作るのかと思ったら、薬草入りの匂い袋か。……でも、君の気遣いを彼らは理解出来ないかもしれないよ？」

「……分かっています。ですが、これは私の我が儘なんです。……たとえ、自分を傷付けようとした相手でも、痛みで苦しんでいる姿を見たくはないんです」

自己満足と言われるかもしれないが、妖達のために匂い袋を縫ったことは、少しも後悔していなかった。

「……なるほどね。道理であの玖遠が抱く氷のような心が容易く溶かされたわけだ」

金継はどこか納得するように苦笑している。

「君と出会って、玖遠も少し変わったみたいだな。以前は諸刃のように危うげで、他者を気遣う余裕なんてない程に切羽詰まっていたというのに」

玖遠が変わった、という言葉を沙夜は不思議に思う。だって、自分が玖遠と出会ってからも彼は変わらず優しくて頼もしい、心の支えとなる存在だったのだから。

「俺はもう暫く、この屋敷に留まるから、また何か入り用があれば声をかけるといい」

金継はそう言って、右手をひらひらと振りながら渡殿を歩いて行った。

その背中を沙夜は首を小さく傾げつつ見送った。

負傷した妖達が訪れて数日が経ったが、沙夜は初日以降、彼らと接していない。

嫌悪している人間が何度も目の前に現れては気分が悪いだろうと思い、彼らの視界に入らないように屋敷の奥でひっそりと過ごしていた。世話を任されているうちの一人、漆乃の話では、妖達は食事をしっかりと摂っており、徐々に怪我が治ってきているらしい。

……元気になってきているようで、良かった……。

屋敷内の忙しなさは続いているが、負傷した妖達が来た時に比べると落ち着いた方だ。

そんなことを思いつつ、沙夜は屋敷の中を歩きながら格子を下げていた。白雪達が夕餉の片付けで忙しそうだったので、それならば自分が格子を下げようかと申し出たのだ。

春になったとは言え、山の中はまだまだ肌寒い日々が続いている。格子を下げないと夜風が入ってきて寒いだろう。

……私もここに来た時と比べると、重いものが持てるようになったわね。

ふふっ、と笑いながら格子を下げている時だった。ふと玖遠の声が聞こえた気がして、沙夜は声がした方へと身体の向きを変えた。

……「頭領」の部屋……？　でも、二人分の声が聞こえるわ……。

この部屋の近くの格子も下げなければならないので、沙夜は静かに近付いた。

「――玖遠。お前、最初から知っていたんだろう。沙夜さんが『龍穴の神子』だって」

その言葉に、心臓が跳ねた。それは金継の声で、少し焦るように問いかけている。

「あの匂い袋を持ち始めてから、妖達の怪我の治りが急に早くなったんだぞ。……彼女が『龍穴の神子』であることは間違いないだろう。何より、瞳の色が宵闇色だ」

「……正直に言えば、俺も驚いている。まさか、あの小さな匂い袋一つで、あれ程の治癒効果をもたらすとは思っていなかったからな。……沙夜の力は想像以上だ」

金継に返事をしたのは玖遠で、その声色は冷静なものだった。

……えっ……？　「龍穴の神子」って……この前、常夜桜が言っていたことと同じ……。

それに玖遠様は私が不思議な力を持っていることを知っていたの……？

沙夜が持つ力については、玖遠にさえも話していない。話していたのは、父に命じられるまま衣を仕立てる日々を送っていたということだけだ。

背中を冷たい汗が伝うのが分かった。

「けど、彼女の力に気付いた奴が目を付けてくるかもしれないだろう？　あの子の力は妖にとって有益なものだ。……神子の出現を他の頭領達に秘密にしていれば、責められるのはお前だぞ？」

「沙夜を手元に置くと決めた時から、俺の心は変わらない。……誰が相手になろうとも、彼女は絶対に渡さない」

「玖遠。お前、そこまでして……」

心配する金継の言葉を撥ね除けるように玖遠ははっきりと告げる。

だが、その言葉の中には不思議な力を持っていると知っている上で沙夜を手元に置いた、という意味が含まれているようにも聞こえて、愕然としてしまう。

……まさか、最初から知っていて……力を利用するために私を妻として娶ったの……？

ざわりと心の奥が乱れ始める。頭の中はすでに真っ白で、何を考えたらいいのか分からない。それでも、玖遠が父親と同じことをするなんて、信じたくはなかった。

……違う。優しい玖遠様が私を利用するなんて……そんなことするわけがない……！

動揺した沙夜が足を一歩後ろへ引くと、床が軋む音が響いた。

「……！　──そこに誰かいるのか」

物音を立てたことで、室内にいる玖遠に気付かれてしまったらしい。鋭い声が自分に向けられたものである以上、立ち去ることは出来ず、沙夜は手を握り締めながら入室した。

「っ、沙夜！」

突然の沙夜の登場に、玖遠と金継は目を見開いて驚いていた。

「……ええと、沙夜さん。もしかして、今の話……聞いてた？」

盗み聞きは行儀が悪いことだと分かっているが、金継からの問いに、沙夜は頷いた。

「……玖遠様はやはり、龍穴の神子というものについて、ご存じなんですよね？　……どうか、教えて下さい。私がその龍穴の神子ならば……それは何を表すのですか？　……私が持っているこの力は、一体何なのですか」

「……」

金継は、やってしまったと言わんばかりに焦った様子で玖遠を見ている。

それなのに、玖遠の表情は凪いだように静かなままだった。

「……いいや、君が知るべきことじゃないよ」

そこには怒りなどではなく、無と呼ぶべき表情があった。初めて、玖遠から突き放されるような態度を受け、沙夜はその理由を訊ねる言葉を口に出すことが出来なかった。

「おいっ、玖遠っ！　せめて、もう少し言葉を選んで……。――あっ、沙夜さん⁉」

後ろから金継が呼び止める声が聞こえたが、沙夜は衝動のまま、そこから立ち去った。

あれ以上、玖遠から向けられる視線に耐えられないと思ったからだ。

形容しがたい苦しさが胸の奥に広がり、上手く呼吸が出来ない。だが、先程の玖遠の言葉や態度を受けて、たった今、分かったことがある。

いつの間にか、自分は玖遠に特別な感情を抱いていた。「利用」されるためではなく、彼の「特別」として、自分自身を求められたかったのだと、今、気付いたのだ。

……私は、玖遠様のことが……。

しかし、力を利用するために、彼の妻として、迎えられたというならば——。

……私という存在を認められ、求められたいなんて……叶わない願いだったのね。

どうしようもなく胸が痛いというのに、これだけは自分の力では治せない。

すると、前を見ずに歩いていたせいで、渡殿の曲がり角で誰かと接触しかけてしまう。

「うおっ……」

「も、申し訳ございませんっ……。お怪我はありませんか……」

沙夜は慌てながら謝りつつ、相手の顔をそっと窺ってみる。そこには屋敷の者達に世話になっている猿に似た妖がいた。どうやら、歩ける程に元気になったらしい。

彼は接触しかけた相手が沙夜だと気付くと先日の件を思い出したのか、居心地が悪そうな表情を浮かべた。

今は誰にも会いたくなかった沙夜は、彼に軽く会釈してから足早に去ろうとした。

「——なぁ！」

呼び止められるとは思っていなかった沙夜は、肩を揺らしながら立ち止まった。

「……あんた、匂い袋を作ってくれただろう。……その、お礼を言いたくて、さ」

「お礼、ですか……？」

妖は頬を掻きながら言葉を続けた。彼の言葉に驚いた沙夜は目を瞬かせる。

「この前、頭領殿に言われて、少し思い直したんだ。……傷付けようとした相手を気遣う必要なんてないのに、それでもあんたは怪我が治るようにと願って、匂い袋を作ってくれたって。優しく寄り添おうと心を砕くことがどんなに難しいか考えてみろと言われてな」

「……玖遠様が、そのようなことを……」

「それなら、人間にも……傷付いた仲間を気遣う妖と同じところがあるって気付いたんだ。……人間が全部、妖狩りみたいな奴らばかりなわけじゃなくて、あんたみたいに善良な奴もいるんだな。……あの時は乱暴な態度を取って悪かったよ」

妖はお礼を告げてから、少しだけ気まずげな様子で、そそくさと去って行った。だが、以前とは違って、沙夜へと向ける彼の表情は柔らかかった。彼の様子から、無理にそのように言ったのではなく、心からの言葉だと分かった。

怪我が治るようにと祈った気持ちは彼らに届き、沙夜が妖達にとっての敵ではないと認めてもらったことは素直に嬉しいと思う。

けれど、妖達の意識が変わったのは、きっと沙夜がいないところで玖遠が彼らへと、心を傾けてみろと諭してくれたからだろう。そこには確かに玖遠から沙夜への思い遣りが感じられた。

……私が「龍穴の神子」だから、利用していたというのであれば、どうして……。

先程の玖遠の言葉が頭の中で響く。生まれた疑心を拭うことは出来ない以上、彼の言葉や心遣いにどうしても矛盾を感じてしまっていた。

沙夜は胸元で両手を重ね、深く俯いた。胸の奥がただ重く苦しくて、自分は何を信じればいいのか、分からなかった。

先日、玖遠の前から逃げ出して以降、気まずく思ってしまい、沙夜は以前と同じように彼と親しく接することが出来ずにいた。

玖遠も金継が持ち込んだ「妖狩り」の件への対応に追われているのか、頭領の部屋で寝起きすることが増えた。顔を合わせる機会が中々ないことに沙夜は密かに安堵していた。

やがて、負傷していた妖達は完治し、元々暮らしていた場所でもう一度やり直すと告げて出て行ったため、屋敷には静けさが戻ってきていた。

長く滞在していた金継も次の商いに向かわねばならず、出立する際にはちゃんと玖遠と話し合った方がいいと言われてしまい、返事が出来ないまま彼を見送った。

……龍穴の神子について、訊ねなければ良かったのかしら。

そうすれば、こんなにも晴れない心のまま過ごすことはなかったはずだ。

どうにも出来ない気鬱さを抱き、五日が経った頃。屋敷に新たな訪問者が現れた。

「……え？　大蛇族の……使者？」

「そうなんです。どうやら先日、怪我の面倒をみた妖の中に大蛇族の配下の方もいたようで……。世話をしてくれたことへのお礼をしに来たそうです」

そのお礼の対象には沙夜も含まれているようで、白雪が呼びに来たとのことだ。

沙夜が白雪に付いて訪問者が待っている場所へと向かえば、そこには玖遠がいたため、胸の奥がずきりと痛む。だが、頭領の顔をしている玖遠はこちらへと視線を向けることはなく、それが一層、沙夜の心を重たくしていった。

それでも呼ばれた以上は、玖遠の妻として彼の傍に居なければならない。沙夜は吐き出してしまいそうなものを何とか飲み込み、軽く頭を下げながら玖遠の隣へと座った。

「やぁ、お久しぶりですねぇ。先日はどうもお世話になりました。おかげ様ですっかり良くなり、故郷に戻ることが出来ましたよ」

自分達の目の前に座っている訪問者は蜥蜴のような見た目だが、背中に羽を生やしている妖で、確かに先日の負傷者の一人だと思い出す。しかし、彼は何故か頭領である玖遠ではなく、沙夜の方に視線を向けながら挨拶をしてきたため、内心、戸惑ってしまう。

「……お元気そうで何よりです」

妖の名は竹樹と言って、世話になった件を仕えている大蛇族の者に伝えたところ、配下の妖を救ってくれたことに深く感謝したらしく、お礼のために再度、訪問したという。

「そこで特にお世話になった奥方を大蛇族の屋敷へとお招きして、お礼がしたいとうちのお嬢が……ああ、仕えている頭領の娘が言っておりまして。いかがでしょうか」

「私を……？」

「ええ、ええ！　たくさんもてなさせて頂きますよ」

「――いや、断らせて頂く」

沙夜が答えるよりも早く、返事をしたのは玖遠だった。

「俺達は助けを求めた者を世話しただけだ。恩の貸し借りをしたつもりはない」

「おやぁ……？　もしや、頭領であるあなた様がまさかこの誘いの意味が分からない……なんてことはありませんよねぇ？」

竹樹は両手を揉みながら、にっこりと笑い、畳み掛けるように言葉を続けた。

「この誘いは友好のためのものですよ。……他の頭領達から一目置かれる程の妖力を持っているあなた様であってもお断りなさるなら、外聞が悪くなると思いませんか？　お互いの関係の悪化にも繋がりますが、本当に宜しいのです？　確か、この屋敷の近くに流れている川の水源は、大蛇族が管理している東の大湖ではありませんでしたかな？」

「……」

玖遠がほんの一瞬だけ渋い顔をしたのを、沙夜は見逃さなかった。

……利用されるのは嫌だけれど……でも、何より玖遠様の負担にはなりたくない。

そう思った沙夜は竹樹に向かって、自分の意思で返事をすることにした。

「私、お伺いします」

「ほう！」

「なっ、沙夜……」

玖遠が沙夜の瞳をじっと見つめてくる。久しぶりにお互いの視線を重ねた気がするが、彼は先日とは違って、どこか心配するような表情を浮かべていた。

……どうして、そんな表情をするの。

理由が分からず、沙夜は玖遠からぎこちなく視線を逸らしてしまう。少し、わざとらしかっただろうか。暫くすると玖遠は小さく溜息を吐いてから、竹樹へと向き直った。

「ならば、俺も同行することが条件だ」

「玖遠様？」

「おや、頭領殿もご一緒に？　……良いでしょう。むしろ、その方がお嬢も喜ばれます」

どこか意味ありげな笑みを浮かべて、竹樹は満足げに頷き返した。

沙夜達を迎え入れるための準備をするので数日後に訪ねて欲しい、と竹樹は言い残し、早々と屋敷から去って行った。

その場に残された沙夜は玖遠の隣に座ったままの状態で、小さく呟いた。

「……玖遠様。同行して、大丈夫なのですか。頭領のお仕事が忙しいのでは……」

正直に言えば、玖遠に同行してもらえるのは嬉しいような、気まずいような複雑な心地が混じっており、素直に喜ぶことが出来ない。

顔を見ることさえしない沙夜の頭に、ぽんっと優しく置かれたのは彼の手だ。

「……たとえ、どこに行こうとも、傍にいないと不安になるからね」

降って来たのは意外にも柔らかな声だった。壊れやすいものに触れるような手付きで沙夜の頭を撫でた後、彼は立ち上がり、仕事に戻ると言って離れて行った。

「……」

沙夜は自分の両手で、つい先程、玖遠に撫でられた箇所にそっと触れてみる。

温かで、優しくて、いつもと同じ玖遠だった。先日、沙夜を突き放すような態度を取った玖遠とはまるで別人のようだ。

……一体、どっちが玖遠様の本意なの……？

分からないが、それでも一つだけ確かなことがある。どう思われていたところで、彼の何気ない言動一つで自分は簡単に一喜一憂してしまうのだ。

五章 ✿ 龍穴の神子

大蛇族のもとへは沙夜と玖遠の二人だけで赴くことになった。白雪と八雲も同行したそうにしていたが、玖遠が留守番を頼んでいた。少しの間、遠出して留守になるため、玖遠は事前に守護領域を囲っている結界を補強してきたと言っていた。

また、八雲に玖遠の妖力が込められた「火急札」と呼ばれる札を預けているとのことだ。この札を引き裂くことで瞬時に転移の術が発動し、札の半分が玖遠のもとへと届き、居場所と危機を知らせてくれるらしい。なお、火急札は守護領域外に棲む庇護下の妖の長にも持たせており、緊急時のみに使うようにと言い含めているとのことだ。

玖遠は沙夜を抱えながら十里程離れた場所にある東の大湖まで、木々の枝を足場に、跳ねるように空を飛んでいた。さすがに沙夜もこの移動の仕方に慣れてきたが、先日の一件もあり、密着している状態が長く続くのは居心地が悪かった。

大蛇族が守護領域を囲うように張っている結界は、玖遠の結界と同様に人間を阻むものだったが、彼の妖力を纏っている沙夜は難なく入れた。だが、進むたびに木々の葉は減り、乾いた空気が肌を撫でる。東は南と比べると寒々とした土地という印象を受けた。

だからこそ、辿り着いた先にこのような景色が広がっているとは思っていなかった。

「お……大きい、お屋敷……ですね」

沙夜は見上げながら、ぽつりと呟く。湖畔を背に建っているのは、玖遠の屋敷の三倍の高さと広さを視覚で訴えてくる物々しい雰囲気の屋敷だった。

「ここの頭領は身体が大きいから、屋敷も広めに作ったそうだ」

玖遠が屋敷に向かって歩き始めたため、沙夜は少し後ろから付いて行く。

「……あの、大蛇族ってどのような方々なんですか」

「そうだな……。頭領の一族は基本的には気性が荒く、嫉妬深いと言われているね。けれど、懐に入った相手に対しては情が深く、義理堅い性格らしい」

「……今回、招待して下さった頭領の娘さんも、そのような方なのですか？」

この後、会うならば、心構えのために相手のことを知りたいと思い、玖遠へと訊ねた。

「うーん……。彼女は他の大蛇族と比べると理知的だけれど……少し、厄介かな。何というか、口が上手いんだよね。あと、相手を煽るのが得意」

だから自分は彼女と性格が合わない、と言って玖遠は肩を竦めていた。

「でも、大蛇族の現頭領に及ばずとも、大きな妖力を持っているし、責任感が強い彼女を慕っている妖は多いらしいよ」

「それなら、大蛇族の方々も玖遠様のように、妖を守っておられるのですか？」

「まぁ、そうだね。……常夜桜を守る頭領は、他の縄張りを持っている妖達とは違って、個々を取り纏めなければならないんだ。緊急時に頭領が不在でも配下の者達だけに任せて、常夜桜を守ってもらうためにね。だからこそ、種が違っても結び付きが強いんだ」

沙夜はなるほどと頷き返す。「頭領」は他の妖達とは違って、特殊らしい。

「俺の配下の妖達はほとんどが穏やかで戦いを好まない者ばかりだから、良いけれど……。我が強い配下が多い天狗族なんかは取り纏めるのが大変だと聞いたよ」

玖遠が遠い目をしているので、その者達は相当、我が強いのだろうと静かに察した。

沙夜達が屋敷の入り口へと辿り着けば、そこには竹樹が待っていた。

「遠路はるばる、ようこそいらっしゃいました、お二方。それではご案内させて頂きますので、どうぞこちらへ」

竹樹が愛想笑いを浮かべつつ促して来たため、少し距離を空けながら歩き始めた。

屋敷の中を進んで行けば、行き来している妖達とすれ違っていく。彼らは大蛇族の配下の者か、もしくは庇護下の妖達なのだろう。しかし、気になってしまうのは彼らの表情に覇気がないように感じられたからだ。疲れているのか、沈んでいる様子にも見えた。

「……おかしいな。以前、訪れた時は、もう少し妖達に活気があったはずだが……」

玖遠も妖達の様子を疑問に思っているようだ。だが、元気はなくても、人間である沙夜に好奇と侮蔑を含めた視線を向けることは出来るらしい。

「……まぁ、人間様がこんなところに来るなんて。でも、隣のあのお方って……」

「あら、知らないの？　南の頭領様がご結婚なさったって噂、相手は人間なんですって」

「ええ？　酔狂ねぇ。……でも、あんなに色気も喰う部分もなさそうな貧相な小娘、きっとすぐに飽きてしまわれるわ。その時は、声をかけてみようかしら」

「やだわ、あなたってば、本当に面食いなんだから……」

妖達はぎょろりと大きな瞳を沙夜に向けながら、くすくすと嘲るように笑っている。

……居心地はあまり良いとは言えないわね……。

気鬱さを晴らすために、沙夜に八つ当たりしているのかもしれない。色んな性格の妖がいると分かっているが、やはり負の感情を向けてくる相手は苦手だ。

唇を結び直し、通り過ぎようとした時、玖遠がすっと左手を沙夜の腰へと回し、抱き寄せた。突然の行動に驚いた沙夜が顔を上げれば、そこにはまるで愛おしむような、熱が含まれた視線を向けてくる玖遠がいた。玖遠が見せた甘い顔に周囲の妖達も驚いているようで、それまで沙夜を嘲笑していた妖達も声を潜めた。

「ああ、沙夜。そこの段差に気を付けてね。もし躓いたとしても俺が受け止めるから、安心してくれていいよ」

「は、はい……。お気遣い頂き、ありがとうございます……」

玖遠は沙夜から目を逸らすことなく、いつも通りだ。たとえ、玖遠に秋波を送ってくる艶美な姿の妖がいても、一切無視だ。むしろ、沙夜を蔑む妖や色目を使ってくる妖を一蹴するために、彼はわざと仲の良さを見せつけているようにも見えた。

……でも、これがもし、演技だったなら……。

彼の言葉や気遣いに嘘は感じられないが、疑ってしまうのは先日の件があるからだ。

「ん？　どうかした？」

見惚れる程に美しく優しい笑みがそこにはあった。鼓動が跳ね上がった沙夜は、ぎこちなく首を横に振り、視線を逸らす。心臓が握り締められたように軋む一方で、愛おしむ表情を向けてくる玖遠に、つい胸が高鳴ってしまう。

それが一度や二度ではないからこそ、沙夜は複雑な心地になっていた。

竹樹に通された部屋で、沙夜達は大蛇族の頭領の娘と顔を合わせるように座っていた。

「初めまして。東の頭領の娘、そして頭領代理を務めている水貴と申します。我が父はまだ冬眠から目覚めていないので、この場に同席出来なくて、ごめんなさいね」

「い、いいえ……」

「大蛇族の頭領は他の奴よりも冬眠が深いらしいからな……」

「あら、ご存じでしたのね。……そして、この度は我が配下の竹樹を助けて下さったこと、本当に感謝しております。まさか南の方で妖狩りが活発に動いているなんて……」

「東では妖狩りによる被害はないのか」

「今のところ、そのような話は入ってきていませんわ。……妖狩りへの対応でお忙しい中、お礼を直接したいとの申し出を受けて下さり、ありがとうございました」

水貴が軽く頭を下げた時、紺青色の艶やかな長い髪がはらりと落ちた。見た目は人間の美女に見えるがその瞳は蛇のように特徴的で、口から時折見える舌は赤く細長い。

水貴が纏う雰囲気は独特で、視線を向けられるだけで息が詰まってしまう。

「奥方の沙夜さんには特にお世話になったようで。まさか、妖狩りに遭った妖が人間の世話になるとは思っておりませんでしたわ。……ああ、こちら、お礼の品です。これなら、人間も食べられると思って、大湖で捕れた魚の干物を詰めたものですわ」

水貴は木箱を布で包んだものを沙夜達の前へと置き、口元に衣の袖を当てつつ、妖艶な笑みを浮かべる。だが、何となく彼女の瞳の奥や言葉の端々からは、人間を嫌っているような気配が感じ取れた。

「それはどうも。大したことはしていないが、礼は受け取ろう。……沙夜、用事は終わったし、帰ろうか」

「えっ」

玖遠は素っ気ない声色で水貴に返事をした後、席を立つようにと沙夜を促してくる。

「あら。もう、お帰りになるの？　私、まだ沙夜さんとお話ししたいわ。……そうね、どうして人間のあなたが妖の嫁になったのか、とか。そういうお話、大好きなのよ」

「沙夜、帰るぞ」

「ふふっ、玖遠殿はせっかちですわね。……それもそうよねぇ。だって、大事な大事な龍穴の神子を自分の守護領域以外に長く置きたくはないでしょうし。……ねぇ、玖遠殿は独占するために、この方をわざわざ妻に迎えたのかしら？」

「……」

一瞬で空気が凍ったような冷たさが漂い始めた。玖遠は水貴を睨むように見据えているが、彼女は赤い唇ににんまりと弧を描いた。

「頭領である玖遠殿ならば、自分の配下の妖を使って、他の頭領達がどのような動きをしているかを探ることの意味は分かりますわよね？　うちの竹樹はその内の一人で、今回玖遠殿の周辺を調べようとしていたところ、たまたま妖狩りに遭ってしまったのです」

水貴は頰に手を当てつつ、ふうっと深く息を吐く。一方で玖遠は無表情になっていた。

「玖遠殿のもとで世話になっていた竹樹が持ち帰った情報は三つ。一つは、玖遠殿が管理している常夜桜が、何故か以前探った時よりも活性化していたこと。次に、人間の沙夜さんと結婚したこと。そして——彼女が仕立てたものに人間業とは思えない力が宿ること」

水貴は衣の袂から何かを取り出して、目の前へと置いた。

「あ……匂い袋……？」

先日、妖達の怪我が治るようにと祈りながら作った匂い袋だと、すぐに気付いたのは、使用した布地の柄を覚えていたからだ。

「ええ、そうです。こちら、沙夜さんが作った匂い袋ですわ。そして、もう一つは竹樹が真似をして作ったもの。似ているようで、似ていない、確かな証拠となるものです」

「証拠……？」

「あなたが作った匂い袋だけに治癒効果があることよ。……ねぇ、沙夜さん。もしかして、あなたは仕立てるもの全てに不思議な効果を付与することが出来るのではなくて？」

「っ……」

沙夜が肩を震わせれば、水貴はすっと目を細めた。

「……やっぱり、いつの時代の神子も、針と糸を通して『繋げる』ことで加護を付与して、力を発揮させることが出来るのね」

それはどこか納得するような呟きだった。

「でも見つかって良かったわ。大蛇族はあなたを——龍穴の神子が現れるのをずっと待っていたのよ。……それなのにどこぞの狐に独り占めされているんだもの。嫌になるわ」

嫌みのような言葉を呟く水貴に、沙夜は思い切って訊ねてみることにした。

「あ、あのっ……。……私は、その『龍穴の神子』というものなのですか？」

「沙夜っ！　君は知らなくて良いと言っただろう！」

玖遠が止めてきたが、それを無視するように沙夜は膝を少しだけ進めた。

「ええ、そうよ。……もしや、玖遠殿はあなたが神子だと教えてくれなかったの？　意地悪なのか、それとも余計なことを知られたくはなかったのか、一体どちらかしら」

水貴は沙夜の問いを肯定し、玖遠にからかうような視線を向けた。

「でも、知っている妖もいるのよ？　だって、神子は必ず『宵闇色の瞳』を持って生まれてくるんだもの。普通の人間と区別するには、とても分かりやすい特徴でしょう？」

その言葉にはっとする。確か、清宗も宵闇色の瞳について、何か言っていたはずだ。

「ねぇ、玖遠殿。頭領として、沙夜さんの存在を他の妖に知らしめる事態にはなりたくないわよね？　わざと隠していたと知られれば、きっとあなたに批判が集まるわ」

「……何が言いたい」

玖遠は低い声で威嚇するように問いかける。

「ふふっ、そんなに警戒しなくてもいいでしょう？　……そうね、簡単に言えば、神子の力を貸して欲しいのよ。だから、取引をしましょう？」

水貴は人差し指を自身の唇に添えつつ、魅惑的な笑みを浮かべた。ごくり、と沙夜は喉を鳴らし、とりあえず話だけでも聞いてみようと、水貴に真っ直ぐ視線を返した。

「大蛇族が代々守ってきた常夜桜を復活させるために、手を貸して欲しいの」

「復活、ですか……？」

その意味が分からず、沙夜は玖遠へと視線を向けるも、彼も怪訝な表情をしていた。

「混乱が起きないように情報を制限しているのだけれど、大蛇族の常夜桜は今、枯死の危機が迫っているの。その下に通っている龍脈が乱れ、枯れかけているからよ」

「えっ。あの、確か……常夜桜は龍脈と呼ばれるものの上でしか咲かないんですよね？」

沙夜の言葉を水貴は肯定するように首を振る。

「玖遠殿なら、この意味が分かるでしょう。常夜桜が枯れてしまえば、その付近で生活している妖達が妖力を供給出来ない事態になると。これは我々にとって死活問題なのよ」

だから邪魔をするな、と言うように水貴は玖遠を見据え、目を細めた。

「……だが、龍脈はそう簡単には枯れないものだ」

「枯れさせられたのよ、傲慢な人間のせいで」

忌々しいものを思い出したのか、一瞬だけ水貴の表情が歪んだ。

それは数年前の冬の時期、彼女達が冬眠をしている際に起きたという。

「冬眠の時期は意識が途絶えているから、どうしても常夜桜を守る結界が弱まってしまうの。そこで毎年、冬眠が必要ない配下の妖に見回りをしてもらいながら、守りを固めても

らっていたのだけれど……」

人間達は妖の目を欺く特殊な術を使って、守護領域内に侵入し、そして見張りの妖達を倒し、常夜桜を覆っている結界を破壊したという。

「そこまでして、一体何を……」

「人間達の目的は常夜桜の『挿し木』だったの」

「なっ……」

玖遠が険しい表情をしたため、窺うように挿し木について訊ねてみた。

「常夜桜は基本的に繁殖しにくいんだ。唯一の増やし方が、百年に一本だけ芽吹く『挿し木』となる部分を正しい手段で剪定して、別の場所に植える方法だ」

「……それなら、とても大事なものなのでは……」

「そうよ。それなのに人間達は挿し木を無理矢理に手折って、盗んでいったのよ……！」

先程まで玖遠を煽る余裕があった水貴だが、発せられる言葉は次第に荒っぽくなる。

「なるほどな……。挿し木を育てている最中ならば、汲み上げている龍脈の力は全て挿し木に注がれていただろう。……それなのに無理に手折られれば、その反動で龍脈の経路が乱れてもおかしくはないか……」

「……つまり、本来ならば正しく通っていたはずの龍脈が乱れたことで、龍神からの恩恵を受けられなくなった常夜桜が枯れかけているということですか」

「ええ、そういうことよ。……せめて、犯人を捕まえることが出来れば、この怒りの矛先を向けられたのでしょうけれど。上手く隠れているみたいで犯人を特定することは叶わなかったわ。その場に残されていたのは甘い匂いだけで、手がかりにもならなかったもの」

どこか自嘲気味に呟き、水貴はわざとらしく肩を竦めた。

「ですが、お話を聞く限り、私がお手伝い出来ることはないように思えますが……」

「あら、あなたにしか出来ないことがあるわよ？　龍穴の神子にのみ与えられた役目が」

にっこりと微笑む水貴の目は、全く笑っていない。

「……沙夜が望んでいないのに、その『役目』を押し付けようとするな」

沙夜を左手で庇いながら、玖遠は水貴を冷めた目で睨んだ。

「そうは言っても、彼女は神子で間違いないもの。……沙夜さんは気にならない？　自分が一体、どんな特別な力を持っていて、そして、どうして必要とされているのか」

「私が、必要……？」

思わず、沙夜は戸惑った声で返事をしてしまう。

「ええ、あなたが必要なの。……龍脈が乱れ、枯れてしまったならば、その土地はきっと廃れてしまうでしょう。でも、龍神の代行者である龍穴の神子だけが、新しい龍脈を流すことが出来るの。常夜桜を復活させるためには、もうこの方法しかないのよ」

水貴は蛇目で沙夜を見据えてきたが、そこには縋るようなものも混じっていた。

「……私は、知りたいです。この不思議な力の正体を」

沙夜は自分を左手で庇ってくれている玖遠の腕に触れた。

「玖遠様。……他でもない、自分を理解するために私は知りたいのです」

「……それが、君の望みか」

苦悶するような表情の玖遠に、沙夜は力強く頷き返す。やがて、彼は諦めの色が混じった瞳を閉じ、沙夜を守るように庇っていた腕をゆっくりと下ろしていった。

「水貴さん、教えて頂けますか」

沙夜の問いかけに、水貴は蛇目をすっと細め、頷いてから言葉を続けた。

「……龍穴とは言わば、龍脈が流れ着き、力が溜まる場所のことを指しているわ。つまり、神子は存在しているだけで、その下に龍脈が通っていることと同じなの。玖遠殿が守っている常夜桜が最近、活性化したのも、あなたがそこに『留まる』ようになったからよ」

頭を過ぎったのは実家のことだ。確かに「榊原家」──特に父は、贅を尽くすような暮らしをしていた。しかし、あの繁栄も沙夜の力によるものだったのだろうか。

玖遠の方へと視線を向けたが、彼は感情が読めない表情のまま、無言を貫いていた。

「神子の本来の役目は、龍神の恩恵が届かず衰微していく土地に新たな龍脈を流し、潤いを与えることなの。そうやって、生命ある者に豊穣と安寧をもたらすことが、神子という存在が生まれた意味だと私は思っているわ。……きっと、初代の神子は自らこの力を望んだのでしょうね。龍神が守ったものを守り続けるために」

「存在の、意味……」

それはまるで、己を縛る鎖のような言葉だった。

「けれど、神子の力が妖のために使われることは稀になってしまったの。どの時代でも、生まれた神子は身勝手な人間達の繁栄の道具として使い潰されてきたから」

沙夜は以前までの自分のようだと息を呑んだ。父は沙夜を龍穴の神子と呼んだことはなかったが、自分への扱いは水貴が話す歴代の神子と何も変わらないように思えた。

「……お前達も、沙夜の父親と同様に彼女を道具のように扱い、搾取する気なのか」

身体が震えてしまいそうな程に、低く鋭い声が玖遠から漏れた。彼の横顔を眺めれば、水貴に向ける視線の中には怒りが含まれていた。

「……嫌だわ。人間と一緒にしないで欲しいわね。龍穴の神子が妖に利を与える存在である以上は、丁寧にもてなすつもりよ？　搾取なんてしないわ。でも……」

水貴は獲物を見定めたような鋭い眼光で玖遠を見据え、言葉を続ける。

「玖遠殿がこのまま神子の力を独占するならば、あなたの守護領域を攻めて、常夜桜を奪いかねない事態になるかもしれないわねぇ。……確か、あなたの配下の妖は争いが苦手な者が多いのでしょう？　いくら玖遠殿が強くても、あなたの大事なものを全て一人で守り切ることが出来るかしら？」

「取引というよりも脅しだろうが。そもそも、神子の力に頼らずとも、一時的な解決策ならあるだろう。……例えば、他の頭領が守っている常夜桜の『挿し木』が育つのを待ち、譲り受けるとか……」

玖遠も自身が守っている常夜桜に枯死の危機が迫る可能性を考慮し、解決策を考えていたらしい。だが、水貴はその方法を鼻で笑った。

「ええ、もちろん。その方法も考えたわ。けれど、常夜桜が龍脈の上でしか咲かない特殊性を持っている以上、『挿し木』を植える場所も同時に探さないといけないでしょう？それに私達は水辺を好む妖だもの。別の常夜桜を頼って、移住するのも難しいわ」

水貴も良い方法がないか考えた上で、神子の力を借りるという結論を出したのだろう。

「妖が生きる時間は長いから、国中を探せばいつか永住の地が見つかるかもしれないけれど、大事なのは『今』を生きる者達の暮らしよ。私は頭領の娘として、妖達に頼られている……ならば、その信頼と畏怖に対して、責務を果たさなければならないの」

水貴は上に立つ者として確固たる覚悟を決めているのか、凛とした表情をしていた。

「守らなければならないものがあるのはあなたも同じでしょう、玖遠殿。……でも、沙夜さん。あなたはどうかしら。あなたは『頭領の妻』なのでしょう？　それなのに、玖遠殿に守られてばかりでいいのかしら？」

その言葉に、沙夜はどきりと心臓が跳ねる。

「頭領の責務は頭領のものだ。それを妻が全うする必要はない」

玖遠が苦い表情で水貴へと言い返すも、彼女は目を細め、沙夜を見据えてくる。

「あら。『本物』の頭領の妻ならば、頭領が守るもののために身を尽くすことくらい、出来るはずよ。……でなければ、ただのお飾りでしょう？　それなら、頭領の妻は誰だっていいじゃない？」

「水貴殿……！」

責めるように玖遠が声を荒らげるが、水貴は涼やかな顔をしている。だが、彼女の鋭い視線は沙夜が玖遠の妻としての立場に甘えているのではと問いかけているようだった。

……お飾りの、妻……。

きっと、妻としての自覚もないのに、生半可な気持ちで、「頭領」の隣に立つなと言っているのだろう。だからこそ、水貴の言葉が胸の奥に伸し掛かってくる。

……私は……利用されるために娶られたのかもしれない。それでも……。

顔を上げ、隣へと視線を向ける。そこには沙夜を案じている表情の玖遠がいた。彼の視線を受けた沙夜の胸は大きく脈打った。

……玖遠様が、私と同じ気持ちを抱いていないとしても……。私はこの方の隣に立つことを他の誰にも譲りたくない。玖遠様の妻であり続けたい……。

ならば、自分は何をすればいいのか、もう分かっているはずだ。

沙夜は不安をぐっと喉の奥へと飲み込み、それから真っ直ぐ、水貴を見据えた。彼女は逸らすことなく視線を交えてきたことに、ほんの一瞬だけ驚いたようだった。

「取引を――お受けします」

「沙夜っ⁉」

止めようとしてくる玖遠よりも先に、沙夜は水貴へと言葉を続けた。

「ですが、どうかこれだけはお約束して頂きたいのです。……玖遠様が守っているものに絶対に手を出さない、と」

沙夜と水貴は睨み合うようにお互いを見つめる。彼女の瞳は心の内を見透かすような鋭さがあったが、沙夜は頑として逸らさなかった。

「……ちょっとくらいはましな顔付きになったわね」

ぼそりと水貴は何かを呟いたが、沙夜の耳には聞き取れなかった。

「それでは沙夜さん。あなたの『頭領の妻』としての覚悟を見せて頂きましょうか。……ああ、玖遠殿はどうか口出しをしないように。彼女の覚悟を軽んじたくなければね」

水貴の言葉に、玖遠は咎めるような眼差しを向けている。

「……玖遠様、大丈夫です。私は自分の意思で、取引を受けると決めたのですから」

沙夜はほんの少し口元を緩めたが、玖遠は苦いものを食べたような顔をしている。

……利用しているなら、そんな顔をしなくてもいいはずなのに……。

けれど理由を問うことは出来ず、沙夜は再び水貴へと視線を移した。

「私は神子としての知識を持っていませんが、それは教えて頂けるのですか」

「もちろんよ。教えなければ、儀式が行えないもの」

水貴はにこりと笑ってから立ち上がる。この部屋の壁側には書棚がずらりと並んでおり、水貴はそこから古い書物を一冊引き抜き、沙夜達のもとへと戻ってくる。

「実はね、数百年前にも大蛇族は神子に儀式を行ってもらったことがあるの。この書物はその際の記録書よ」

水貴が開いた書物には妖文字がびっしりと書き込まれていた。

「儀式を行う神子は白い衣装を纏い、自ら仕立てた赤い領巾を肩にかけて、榊の枝を手に持って舞を踊らなければならないの。……舞の踊り方は後で教えるわね」

赤い領巾と聞いた時、何故か実家で仕立てていた領巾のことをふと思い出した。

「あの……仕立てるのは赤い領巾だけで宜しいのですか？」

水貴が言うには、儀式用の衣装と領巾は大蜘蛛が紡いだ糸に、月明かりを浴びせたものを使わなければならないらしいが、準備をするには時間がかかるのではないだろうか。

「ええ。白い衣装の方は、すでに用意してあるわ。……いつか、神子が現れた時に使ってもらおうと思って、前々から準備していたのよ。何よりも大事なのは領巾よ。こちらも布地を織ってあるから、それを使って仕立てて欲しいの」

「……用意周到ですね」

「それだけ、神子を当てにしていたということよ」

何でもなさそうに水貴はそう言ったが、そこには上に立つ者としての苦悩が窺えた。

「そして、最後に領巾と榊の枝を常夜桜へと奉納して、血を一滴捧げるの」

「血、を……」

その光景を想像してしまった沙夜の身体は、ふらりと後ろへ倒れそうになる。

「沙夜！」

咄嗟に玖遠が背中を手で支えてくれたことで、倒れるには至らなかった。

「……あらまぁ、随分と繊細なのね？　青褪めているけれど、大丈夫かしら」

水貴の言葉に、沙夜を支える玖遠の手に力が込められる。彼は沙夜が何を苦手に思っているか知っているからこそ、水貴を睨む瞳に鋭さが増しているのだろう。

……血を捧げるということはつまり、自分に刃を立てるということ……。

鮮やかな色は今も脳裏にこびり付いたままだ。だが、ここで引き下がってしまえば、自分はまた、守られたままになってしまう。

……過去と決別しなきゃ……。もう、囚われたままのあの頃の私とは違うのだから。

ずっと血や刃物に怯えなくてもいいように、一歩を踏み出さなければと思った。

沙夜は背筋を伸ばし、水貴を見つめ返す。

「いいえ、大丈夫です。どうぞ、お話の続きを」

隣からは驚くような気配が伝わってくる。それだけでなく、問いかけてきた水貴本人も沙夜の返答が意外だったのか目を丸くしていた。やがて彼女は口元を緩め、頷き返す。

「いいわね、その目。嫌いじゃないわ」

水貴はそのまま、儀式を迎えるための準備について話し始める。沙夜はそれを聞き逃すことがないように、全部を頭の中へと収めていった。


水貴との話を終えた後、屋敷に泊まることになった沙夜達は客間へと通された。

二人きりになった途端に玖遠が沙夜の肩に手を置いて、真剣な表情で問いかけてくる。

「……沙夜。本当に、神子として儀式を行うつもりなのか」

目の前にあるのは、まるで自責しているような苦悶の表情だった。

「……私にはまだ、神子としての自覚なんて、ありません。でも、私が玖遠様のお傍にいることで、迷惑がかかる方が嫌なんです」

自分のせいで玖遠と大蛇族との関係が悪化するのだけは避けたかった。

「それに、たとえこの身が利用されるために娶られたのだとしても、私は玖遠様の隣を誰にも譲りたくはないんです」

沙夜の言葉に、玖遠は目を大きく見開いていた。

「ちょっと待ってくれ。……利用するために娶った、ってどういうことだ」

玖遠は慌てるというよりも、本気で戸惑っているようだった。

「え……？　だって、この前、金継さんとお話をなさっていたではありませんか」

「……あの話で、どうしてそんな勘違いを……」

玖遠は沙夜から手を離し、右手で頭を抱え始める。

……勘違い？　……一体、どういうこと？

胸の奥に仕舞い込んでいた疑心が再び、表に出てきてしまう。沙夜は一歩、前へと進み、玖遠に挑むように視線を向け、問いかけた。

「……ならば何故、私を妻として受け入れたのですか。利用するためではないというなら、どんな理由があるのか、教えて下さい」

「それは……」

「玖遠様。どうか、あなたの言葉で、聞きたいのです」

以前、玖遠は沙夜を娶った理由として、自分の一部を失いたくはないからだと答えた。

その言葉を信じていいのか、彼の本心からの言葉が聞きたかった。

どのくらいの時間、見つめ合っていただろうか。玖遠は一度、瞼を閉じ、そして何かを決意したように強さを含んだ瞳で見つめ返してきた。

「――誰にも渡したくないと思ったんだ」

それはどこか、苦しそうに。けれど、切なげにも聞こえる声だった。

「周りからどんな風に思われたって、構わない。理解されなくてもいい。……ただ、君と共に生きたいと、共に在りたいと願ってしまった。……欲を、抱いてしまったんだ」

玖遠は沙夜へと右手を伸ばしかけたが触れることはなく、躊躇いがちに下ろした。

「最初は同情していたのかもしれない。君の心の平穏を守りたくて、頼って欲しかった。……それがいつの間にか、自分以外の手が届かないように閉じ込めてしまいたいと思うようになっていたんだ」

沙夜を見つめる彼の視線には色香が感じられ、意識を奪われそうになってしまう。

「そんな複雑な感情が心の中でぐちゃぐちゃに混ざって……そして、気付いたんだ。……沙夜を愛おしいと思っていることに」

彼が沙夜をそんな風に思うわけがないと、否定することも出来ず、ただ金色の瞳に囚われ続けるしかなかった。

「今まで、そんなこと、一度も……」

「押し付けたくはなかったんだ。君はとても優しいから、俺が伝えてしまえば、きっと本意ではなくても、受け入れてしまう。……それが、少しだけ怖かった。沙夜には心のままに望んで欲しかったから」

それは以前、玖遠が沙夜に言ってくれた、願いのような言葉だった。

「だから、自分の意思でやりたいことを見つけていく沙夜の姿をすぐ傍で見守ることが出来て、嬉しかったんだ。……妖達のことだけじゃない、色んなことを受け入れ、自分の一部に変えていく強さが眩しくて、目が離せない程に惹かれてしまっていた。……そんな君に、俺はもう一度――恋をした」

「もう、一度……？」

やはり、覚えていないか、と玖遠はどこか困ったように小さく笑った。

「夜に逢瀬を重ねていた時よりも、ずっと昔から、俺は君だけを見ていた。……いや、見ていることしか、出来なかった」

向けられる視線に含まれているのは、沙夜の身体を震わせる程の熱だった。

「……八年程前に君が父親に折檻されて、蔵に閉じ込められた時、開いた穴から迷い込んだ子狐がいただろう。人語を話す、子狐の妖が」

「何故、それを……」

玖遠に「子狐」の話をしたことはあるが、その背景を伝えたことはなかった。もちろん、他の誰にも「子狐」との出会いの話をしたことはない。

……どうしてかしら、玖遠様が「あの子」と重なる……。

かつて親しくなった子狐の毛並みの色は濡羽色で、つぶらで丸い瞳は確か金色だったはずだ。沙夜は勝手にその子狐を色から取って、「玄」と呼んでいた。

　そして、玖遠の髪は濡羽色をしており、その瞳は金色だ。そこで沙夜ははっとして、自身の口元を手で押さえる。

「まさか……。『玄』が玖遠様……？」

「そうだよ。『玄』は俺が子狐へと変化した姿だ」

　そう言って、彼は薄く笑った。思い出してもらえて嬉しいと、そんな感情を含めて。

　今でも覚えている、幼き頃の思い出でもあり、沙夜の心を支えてくれた大切な記憶。乳母が亡くなって、すぐ後のことだった。乳母が死んだのは自分のせいだと父に責め立てられ、反省するようにと押し込められたのは古びた蔵だった。

　何もかもを諦め、もう希望も持てなかった沙夜は薄暗い中で出会ったのだ、金色の瞳を持つ優しい生き物に。その生き物は、蔵の壁の隙間を縫うようにしながら、現れた。

「君の屋敷を囲むように築地には妖除けの術が施されていたけれど、唯一、綻んでいる場所があってね」

「っ……。もしかして、私が築地に掘った穴ですか？」

　沙夜の問いが正しいというように、玖遠は頷き返す。玖遠から綴られる言葉は、沙夜の記憶と何もかもが合致している。それが、彼が「玄」だという証拠だった。

「あの頃の俺は、少し荒んでいたんだ。……いや、全てのことに不安だったと言った方がいいかもしれない。先代頭領が亡くなって、守られる立場から守る立場となったけれど、足元が見えない程に自分の立ち位置は不確かだったんだ」

過去の自分を恥じるように、玖遠の表情にはほんの少しだけ嘲笑が混じっていた。

「だって、周りを見ても半妖なのは俺だけだ。……誰も、この孤独を理解することなんて出来ないだろうって決めつけて、乱れた心のまま暴れ回ったことだってあったよ」

そんな時、彼は性質の悪い妖に絡まれ、怪我をしたという。そして、身を隠そうと妖除けの術が綻んだ場所に入ってみれば、そこには——沙夜がいた。

「君は俺を迷子だと思って、保護してくれたね。自分だって、辛い目にあっているというのに俺のことばかり気遣って、たどたどしいながらも世話を焼いてくれた」

沙夜、と玖遠は熱を込めた声で名前を呼ぶ。見上げれば、そこにはまるで暗闇の世界の中で、足元を照らす光を見つけたような——そんな安らぎを得た表情があった。

「君が与えてくれた優しさは、俺の中で揺らぐことのない核を作ってくれたんだ」

玖遠はこつんと沙夜の額に自身の額を重ねてくる。

「覚えているかな。……自分の存在の意味さえも分からなかった俺に、君がずっと一緒にいたいと言ってくれたことを」

沙夜は息を呑んだ。確かに自分は望んでしまった。本当は望みを口にしてはいけなかったのに。けれど、玄と——玖遠と過ごす日々があまりにも温かで、心地よくて。大事な存在になってしまった彼を手放したくはなかったから、つい言葉にしてしまったのだ。

「それは……あの時の私は……一人ぼっちで、寂しかったから……。だから、自分の傍にいて、安堵を与えてくれる『唯一』が欲しかっただけなんです」

決して、玖遠を縛りたかったわけじゃないと、沙夜は首を横に振った。

「つまり、俺を君の『唯一』に選んでくれたということだろう？　……裏表のない真っ直ぐな想いを向けてくれる君が、忌避することなく俺自身を求めてくれたから、今の自分を——半妖である自分をちゃんと認めて、向き合おうと思えたんだ」

そう言って、彼はどこか切なげに小さく笑い、重ねていた額を離していく。

玖遠から注がれる視線は沙夜の心を射貫くだけでなく、深く根を下ろしていく。

「あの時から、沙夜だけが俺の『唯一』だ。神子だろうが何だろうが、関係ない。俺が心を尽くしたいと思ったのは、目の前の君だけだ」

「沙夜が俺を求めてくれるならば、誰からも認められる頭領となってみせようと思ったんだ。そうすれば、人間である君を娶っても、周囲を黙らせることが出来るだろう？　だから、今の俺がいるのは全部、沙夜のおかげなんだよ」

軽々と玖遠は口にするが、彼はそこに至るまで果てしない努力をしたはずだ。その努力を全て、沙夜のためにしてきたというのか。

……胸の奥が、どうしようもなく、熱い……。

けれど、彼の気持ちを素直に受け入れてしまっていいのかと、かろうじて冷静だった部分を呼び起こした。

「……では、何故、私が神子であることを頑なに隠そうとなさったのですか」

玖遠はほんの少し気まずげに、頬を指先で掻いた。

「神子の力が目当てだと思われたくなかったということもあるけれど……。沙夜が神子だと自覚してしまえば、たとえ望んでいなくても、その『役目』を背負おうとするだろう？　それならば、知らないままでいる方が良いと思ったんだ」

その言葉を受け、沙夜は空っぽになりかけていた部分に何かが収まった気がした。

……玖遠様は私のためを思って……隠そうとしてくれていたのね。

何もかもが自分のためだったのだ。それを知ってしまえば、ここ数日、沙夜を苦しめていた要因は少しずつ消えていく気がした。

「沙夜、これだけは信じて欲しい。……俺は、君が好きだ」

玖遠の目には熱だけでなく、真剣さが含まれていた。それだけは絶対に譲れない、という強い意志が彼から伝わってくる。

「君の一部として、その心に俺の気持ちを刻みたいなんて言わない。でも、一つだけ、求めてしまうことを許して欲しい。……どうか、俺に君を幸せにする権利をくれないか」

玖遠の左手が、沙夜の右頬に触れた。

しゃらん、と音を立てたのは玖遠から贈られた髪飾りだ。この髪飾りを貰った時から沙夜にとっての宝物となり、毎日のように髪に飾っていた。

玖遠の瞳と同じ色の珠が視界の端で揺れたのが見えた。まるで見守ってくれているような安堵を与えてくれる髪飾りを、沙夜は大切にしていた。

沙夜は玖遠の瞳を真っ直ぐに見つめ返す。

……ああ、そうだったのね。玖遠様は、本当に最初から私を——。

自分だけを見つめてくれていたのだ。

彼の眼差しや言葉には打算や偽りは一切感じられない。真摯に沙夜を想い、沙夜自身を見ていてくれたのだと気付き、胸が鷲摑みされたように締め付けられていく。

幸せにしたいと願われることは、なんと幸福なことなのだろうか。そして自分もまた、同じように返したいと強く思うのは、玖遠に——恋をしているからだろう。

「……やっぱり、俺に想われるのは嫌かな」

沙夜が何も反応しなかったせいか、玖遠は悲しげに眉を下げたため、沙夜は急いで首を横に振った。

「いいえっ……。いいえ、私も……」

「え？」

「私も玖遠様を……お慕いして、いいんですか？　叶わないと思っていたことを諦めなくても、いいんですか……？」

沙夜は頰に添えられている玖遠の左手に、縋るように右手を重ねた。

「私の心をずっと摑んだままなのは、玖遠様です。……こんなにも乱すのはあなただけです。――でも、空っぽになりそうな心を満たしてくれるのも、玖遠様だけなんです」

自分の想いを伝えるのは、思っていたよりも難しくて、怖いことだと知った。けれど、玖遠が真摯に打ち明けてくれるならば、自分も返さなければと思ったのだ。

「……ああ、その返事だけで十分だ」

玖遠の腕が伸びて来て、沙夜の身体を包み込んでいく。伝わってくる熱は沙夜と同じくらいに熱かった。これまで何度か抱き締められたことはあったが、優しく守るような抱き締め方だったのに対し、今は絶対に離しはしないという強い意志が感じられ、沙夜は動けなくなった。だが、それすらも嬉しいと思ってしまう自分がいた。

……この方だけが、私を「沙夜」として見てくれる。私に居場所をくれる……。

だからこそ、自分は彼のために、そして彼の隣に立ち続けるために、誰からも認められる成果が欲しいと思った。沙夜は埋めていた顔を上げて、玖遠と視線を交えた。

「玖遠様。……どうか見ていて下さい、あなたが選んで下さった私を。玖遠様の妻として、頭領の妻として……きっと、やり通してみせますから」

「沙夜……」

　ここまで真剣に自分の決意を伝えたのは初めてだ。沙夜の揺るがない想いは玖遠に伝わるだろうか。

「……分かった。玖遠は目を閉じ、深い息を吐いてから瞼を開いた。

「……分かった。沙夜が成すと決めたなら、俺はその覚悟を見届けよう。――ただし」

　玖遠はぴんっと人差し指を立てる。

「絶対に無茶をしないこと、これが条件だ。……君は何というか、妙なところで頑固だったり、根性があるからね。見ていて、心配なんだよ」

「わ、分かりました……」

　返事をする沙夜に、玖遠は満足げに頷き返した。心配してくれるだけでなく、玖遠が沙夜の意志を尊重してくれたことが嬉しくて仕方がなかった。


　儀式に備えて準備を進めている間、屋敷に滞在することになったが、水貴から他の妖には沙夜が彼女の客だと伝わっているのか、酷い扱いをしてくる者はいなかった。

　沙夜が龍穴の神子であることは、限られた者にしか知らされていないようだ。軽率に公表すれば混乱を招くため、そのように配慮したのだろう。

水貴から届けられた針箱と布地を使い、領巾を仕立てた後、沙夜は数日かけて舞の練習をすることになった。それ程難しい舞ではないが、実際に踊るとなると手足の動きがぎこちなくなってしまい、何度も繰り返し練習するしかなかった。

また、儀式の前に禊として身を清めるために神聖な泉に浸かったが、その冷たさに色んな意味で身が引き締まる気がした。

そうして迎えた儀式の日。儀式用の衣装を纏った沙夜は人知れず、ふっと息を吐く。

儀式の立会人として同席する妖は玖遠と水貴を含めて数名だけだ。準備が整った後、水貴は沙夜達を小舟に乗せて、大湖に浮かぶ島へと案内してくれた。

小舟が着いたのは小さな島だ。誰も棲んでいないこの島の真ん中には常夜桜が根を張っていた。しかし、その光景を見た沙夜は思わず目を見開いてしまう。

「あれが……常夜桜……？」

以前、玖遠の守護領域内で見た常夜桜とは別物としか思えない程に、全く生気が感じられず、咲いている花もまばらだ。想像していたよりも状態は悪いらしい。

一歩、足を進めるたびに禍々しさが空気に混じって流れてくる。だが、妖力に中てられた心地がしないのは、玖遠の妖力を纏い続けたことで慣れたからだろうか。

「これ程までに悲惨とは……」

玖遠も枯れかけている常夜桜を見るのは初めてだったのか、その顔は強張っていた。

『――……』


耳ではなく、頭に直接、常夜桜の声らしきものが伝わってきたが、それは言葉を紡いでいなかった。どこか怨嗟のような、しかし助けを乞う響きにも聞こえ、沙夜の心は痛んだ。

常夜桜はもう、声を出せない程に弱っているのだ。

「……痛々しい姿でしょう。以前は隙間を見つけるのが大変な程に満開だったのよ」

常夜桜へと目を向ける水貴の顔は、痛みを共有しているように少し歪んでいた。彼女にとって常夜桜は、ただ妖力の源となるだけの存在ではなかったのかもしれない。

……大事なものがなくなるのは、誰だって辛いもの。

その辛さは自分もよく知っている。沙夜は拳をぎゅっと握り締めた。

「……やりましょう、儀式を」

沙夜が声をかければ、水貴は少しだけ目を瞠り、それから唇を結んで頷き返した。

「ええ、宜しく頼むわ」

水貴の瞳には期待と不安が入り混じっているように見えた。

沙夜は儀式を行う前にもう一度、身の回りを確認する。右手に榊の枝、肩には赤い領巾、そしていつもとは違い、髪はうなじ辺りできっちりと結われている。

懐には儀式の過程で使用する小刀が入っている。刃先は鞘に収められているので、それ程拒否反応を抱くことなく、懐に入れることが出来た。

それでも儀式を上手く完遂出来るか、という微かな不安が今更ながら浮かんでくる。

深呼吸しつつ心を落ち着かせようとしていると、肩にぽんっと玖遠の手が置かれた。

「……沙夜」

金色の瞳はほんの少し揺らいでいる。この場で玖遠だけが、儀式を成功させられるかではなく、沙夜の身を心配していた。

「何かあれば、すぐに駆け付けるから」

そう言って、玖遠は沙夜の額に軽く口付けた。まるで勇気を分けてくれているような、そんな優しい口付けだった。

沙夜は背筋を伸ばし、心配は要らないと伝えるために、気力を込めた声で返事をした。

「……行ってきます」

玖遠は送り出すように、沙夜の背中を優しく撫でてくれた。

一歩、また一歩と沙夜は玖遠から離れ、目の前の常夜桜へと向き合った。

……引き寄せられる心地はするけれど、南の常夜桜のような温かさが伝わってこない。

常夜桜から伝わってくるのは、全てを拒絶するような気配だった。それでも沙夜は少しずつ常夜桜へと近付く。漂う空気は重苦しく、どこか荒んでいるようにも感じられた。

「……私の声が、聞こえますか」

『――……』

龍穴の神子だけが常夜桜と対話出来るとのことだが、やはり意思疎通は叶わない。

……きっと、人間に傷付けられた時、痛かったに違いない……。

横暴な人間の手によって、この常夜桜は傷付けられた。怒りよりも悲しさが沸き上がってくるのは、まるで古い友人と対面したような気持ちになっているからだろうか。

沙夜は唇を結び、頭を深く下げる。その礼は自分と同じ人間が犯した所業への謝罪と、これから始まる儀式の合図でもあった。静かな緊張感がその場を満たしていく。

榊の枝を使い、赤い領巾を揺らしながら、沙夜はぎこちなく舞を踊り始めた。常夜桜の周囲を歩くように回りながら、枝を左から右へと何度も振ってはその場の空気を裂いた。

沙夜の動きに合わせて、肩にかけている領巾も抵抗することなく、風に沿っている。

すると、重苦しかった空気がほんのわずか晴れた気がしたが、再び淀んでいった。

……えっ……。今、確かに空気の淀みが薄れたと思ったのに……。

舞の手順は間違えていないはずなのに、と沙夜は心の中で焦りを抱く。

……つまり、「儀式」としては何かが、足りないということ……？

ただ、習った通りに行うだけでは駄目なのだろう。沙夜は舞を踊りながら、足りないものを必死に考えた。そして、はっと気付く。

……もしかして、私が……「龍穴の神子」としての自分を受け入れていないから……。

今の自分は形だけの神子でしかないのだろう。役目を理解していても、自分には重荷にしか思えなかったからだ。ならば、違う考え方をしてみればいいのではないだろうか。

……神子の力が、私の大事な人が幸せでいるための力になるなら……それはきっと、私の幸せにも繋がるはずだわ。

唯一、沙夜自身を求めてくれた、玖遠の笑顔が脳裏を過ぎる。沙夜は思わず、口元を緩め、息をするように笑っていた。

全部、受け入れてみせよう。神子の力も、役目も、何もかも。

たった今、そう決めたのだ。何ものでもない、自分の意思で。

……思い描こう。私が、どんな風に龍脈を流したいのかを。

沙夜は舞を踊りながら、頭の中で龍神の姿を想像する。その龍はどのような神だったのだろうか。邪神を倒したというからには、強い神だったに違いない。同時に自分の力を分け与えるように、生命ある者の栄えを願って力を譲り続けたというならば、慈悲深く、優しい神でもあったのかもしれない。

沙夜は恩恵を与えてくれる龍神に感謝するように、かの神を想いながら舞を踊った。

ふと、何かが自分へと重なるような感覚を抱く。これまで一度も常夜桜の前で舞を踊ったことなどないはずなのに、何故か既視感があった。

……分かる……。どうやって、龍脈を繋げればいいのか……。やったことはないはずなのに、私は「知っている」……。

それは心か、それとも魂か、もしくは別の「神子」としての本能が覚えているのかもしれない。沙夜の身体はまるで導かれるように動いていた。寂しさが漂う空気を切り裂くように榊を振れば、そこに留まっていた淀みは一気に振り払われた。

次第に温かな心地が肌を掠めた。気付けば、地面から生じているのか、常夜桜の周囲には蛍火のような淡い光が無数に浮かび上がっていた。生まれた小さな光は常夜桜に吸い込まれるように消えていく。儚くも美しい光景の中、沙夜は光を纏いながら舞を続ける。

舞を眺めていた誰かが、ほうっと感嘆の息を吐いた。

『──神子、よ……』

「……！」

常夜桜の声が頭に響く。それまで声を発することが出来ない程に弱り荒んでいた常夜桜に、ほんの少しだけ活力が戻ってきているのだと気付く。

……あと少し。もう少しで、「繋げられる」……。

それは裁縫のようでもあった。布と布を繋ぎ合わせるために糸で縫い合わせ、途切れる糸の長さを足すように結んでいく。自分の中に潜む、懐かしい感覚がその仕方を教えてくれた。

地の底で眠る龍神から流れてくる目に見えない龍脈を、常夜桜へと繋げる光景を頭の中で思い描き、そして──縫い留めた。

下から上へと突き上げるように、これまでで一番強く榊の枝を振った。その瞬間、常夜桜がほのかに光ったと思えば、周囲に浮いていた淡い光たちは役目を終えたと言わんばかりにゆっくりと消え去っていった。

沙夜は常夜桜に向かって深く礼をして、「舞」を終える。そして常夜桜へと近付き、手が届く中で一番太い枝に赤い領巾をきつく結んだ。沙夜が自ら仕立てた領巾には神子の力として、治癒の効果が宿っているらしい。これを「奉納」することにより、龍脈を流して欲しい場所への道標となるようだ。

次に、右手に持っていた榊の枝を常夜桜の根本へと深く刺した。依り代の役割を持つ榊の枝を通して、龍神の力が流れ出る場所となるのだ。

……これで「舞」と「奉納」は終わり……。最後は……。

どきん、と心臓が強く脈を打つ。ぎこちない手付きで懐から取り出したのは小刀だ。刀身は短くても、刃であることに変わりはない。後はこの小刀を使って自身の血を榊の枝へと落とし捧げるだけだというのに、どうしてもその一歩手前で止まってしまう。

……血を捧げなきゃいけないのに……。怖い……。

沙夜は震える手で小刀の柄を握り締め、少しだけ刀身を抜いた。見えたのは美しい銀色。それを鮮やかな色が覆っていく光景が重なり、気が遠くなった沙夜の体勢は崩れた。

だが、身体は倒れることなく、いつの間にか柔らかな温もりに包まれていた。

「く、おん、様……」

自分を抱き留めてくれたのは、離れた場所で見守っていたはずの玖遠だった。

「沙夜、よく頑張ったね。……常夜桜は枯死の危機を脱したよ。――もう、大丈夫だ」

目の前の玖遠は穏やかな表情で沙夜を見下ろしている。彼は沙夜が血を恐れていると気付いているからこそ、優しい声で逃げ道を与えてくれるのだろう。沙夜がこれ以上、傷付かなくてもいいように。

……でも、まだ龍脈は常夜桜に、完全に繋がっていない……。

今、ここで中途半端に儀式を終えたとしても、常夜桜の寿命が数年延びたくらいだと分かっている。

……たとえ、私が逃げたとしても、玖遠様は全力で守って下さるのでしょうね。

けれど、それでは今までと何も変わらない。ならば、自分はどうするべきか、答えは目の前にある。背中を支えてもらっていた沙夜は何とか身体を起こした。

「……大丈夫です、玖遠様」

右手には鞘に収められた小刀を摑んだままだ。

「正直に言えば、怖いです。でも……今の私には、玖遠様がいます」

どんなに強がってみても、過去の情景を忘れることなんて出来ない。

「玖遠様がいるから、怖くても私は前に進めるんです」

玖遠と出会っていなければ、自分の心はとっくに折れていた。今の自分がいるのは、彼が優しさをくれたからだ。誰よりも沙夜を想ってくれる温かな心をくれたからだ。

だから、自分はどんなに怖くても、前を向いていられた。

「玖遠様、私を信じて下さい。玖遠様が信じて下さるなら、私はきっと乗り越えられると思うんです」

玖遠の表情がくしゃりと歪んだ。

「……守るだけが、君の幸せに繋がるわけじゃないんだね」

それはどこか、悟ったような呟きでもあった。

「……分かった。俺は、信じるよ。君が成すと決めたことをやり遂げられると、信じる」

沙夜の左手を玖遠は両手で包み込み、祈るようにそう言った。たったそれだけで不安はあっと言う間に薄れていった。玖遠に強く頷き返せば、彼は沙夜からそっと離れた。それでも背中に自分を見守る温かな視線を感じていた。

深い息を何度か吐き、大丈夫だと言い聞かせながら、沙夜は鞘から刀身を抜いた。

……これは傷付けるための刃じゃない。私が……新しい自分になるための、一歩を切り開くもの……。

今の自分には、玖遠から与えられた勇気があるのだから、乗り越えられるはずだ。

……どうか、この常夜桜に潤いを。龍神様、新しい龍脈をここへと流して下さい。

会ったことはない龍神に祈りながら、小刀の刃先を手の甲に軽く滑らせる。

「っ……」

小さな痛みが沙夜を襲い、刃先には鮮やかな色が付着していた。赤い雫をそのまま、榊の枝へとゆっくりと落とす。血は榊の枝を伝い、やがて地面の上へと落ちた。

静寂がその場に満ち、失敗かと思いかけた時だ。

じわりと目には視えない大きな力が地の底から湧き上がってくるのを感じた次の瞬間、常夜桜が突然、眩い光を内側から放つように輝き始めた。

驚いた沙夜は身体を反らしながら、常夜桜を見上げる。

それまで冬の木々のように寂しい枝だったというのに、まるで一気に春が来たように、薄紅色の花を次々と咲かせていった。上手く言葉では言い表せないとはまさにこのことだろう。息をするのを忘れてしまう程の美しい光景がそこにはあった。

「ああっ……あぁっ……！　良かった……！　本当に、良かった……っ！」

腰が抜けたように座り込んでいる水貴は、涙を流しながら常夜桜を見上げていた。立会人として付き添っていた妖達も、お互いに抱き合うようにしながら歓喜に沸いている。長年、悩まされていたことが今、終わりを告げたからこそ、彼らの喜びようも理解出来た。

『おお……神子よ……。龍穴の神子よ……！　我が身に再び、潤いを与えてくれたこと、深く感謝する……。龍に愛されし者よ、その役目、しかと見届けた……』

頭に響いてきた常夜桜の声色には生気が宿っており、しっかりと意思疎通が出来る程に力が戻ってきたのだと知った沙夜は密かに安堵する。

……良かった。やり遂げられたのね……。

喜び続ける水貴達の姿や感謝を告げる常夜桜の声を聞いたことで、今まで張り詰めていた緊張がぷつんと途切れたのか、沙夜の身体はふわりと傾いていく。

しかし、地面に尻餅をつく前に、頼もしい腕によって身体は支えられていた。

「玖遠様……」

「お疲れ様、沙夜。……君の一歩、ちゃんと見ていたよ」

玖遠は慈愛に満ちた表情で、労うように沙夜の左手の甲に軽く口付けてきた。

「すぐに手の甲を手当てするからね。それと他に不調を感じるところはない？」

「もう、玖遠様ったら……。私なら大丈夫ですよ？　少し気が抜けただけですから」

心配し過ぎる玖遠に、沙夜は小さく肩を竦めた。

「でも……。見ていて下さり、ありがとうございます」

そう言って笑みを浮かべれば、玖遠も優しく微笑み返してくれた。

玖遠が沙夜の体調を気にしたため、大蛇族の屋敷で暫く休息を取ってから、玖遠の屋敷へと戻ることになった。帰り支度をしていると、水貴が客間に訪ねてきた。

「沙夜さん、本当にありがとう。……これで、ここら一帯の妖達は救われたわ。大蛇族も、代々守ってきたこの土地を手放さなくても良くなった。……何度、感謝してもしきれない程よ。私の父が冬眠から目覚めれば、常夜桜が復活していることに、きっと驚くでしょうね。また後程、お礼をたくさんさせてもらうわ」

水貴は沙夜の両手を強く握り締めつつ、満面の笑みでお礼を告げて来る。

「それと玖遠殿にもお伝えしておきましょうか。……我が大蛇族はあなた方と友好関係を続けることを約束しましょう。今後もどうぞ、宜しくお願いします」

「……それはありがたいことで」

玖遠は腕を組みつつ、深い息を吐く。やはり、この二人の性格は合わないようだ。

「あと、沙夜さんには謝らなければならないことがあるの」

水貴は両手を離し、少し困ったような表情を浮かべた。

「龍穴の神子とは言え、あなたのことを人間であるが故に快く思わず、冷たい態度を取ってしまったことよ。……本当にごめんなさい」

「いっ、いえっ……！」

「けれど、私、とても見直したの。試したのは悪いと思っているけれど、沙夜さんの『頭領の妻』としての矜持と気概はこちらが思っている以上だったわ。あなたは人間だけれど、個人的にはとても気に入っているし、認めているの」

「そ、それは……ありがとうございます……？」

「だから、沙夜さんさえ良ければ、私が後ろ盾になりましょうか？」

「えっ、う、後ろ盾、ですか？」

「私ね、次の頭領になることが決まっているの。つまり、妖狐の頭領の妻という肩書だけじゃなくて、大蛇族の頭領の『お気に入り』になれば、人間だからと言って文句を付けてくる妖は減ると思うし、何より妖の世界で生きやすくなると思うの」

要するに、いざとなったら大蛇族の頭領の名前を出しても良い、という意味だろうか。

沙夜から返答を聞こうと、ぐいっと水貴の顔が近付いてくる。しかし、距離を取るように後ろへと引っ張られ、沙夜はいつの間にか玖遠の腕の中にいた。

「却下だ！　後ろ盾なんて必要ない。……そもそも、自分が選んだ妻を自分で守れなくて、『頭領』が務まるか！」

玖遠は吠えるように水貴へと言い返す。強気の返事に水貴は一瞬固まっていたが、すぐに吹き出した。

「ふっ……ふふっ……。そうね、確かに玖遠殿の言う通りだわ。『頭領』ならば、自分が守ると決めたものくらいは守らないとね。どうやら、杞憂だったみたいね。ふふっ……」

「むしろ、余計なお世話だ……」

ぼそりと玖遠は呟いていたが、水貴はそれさえも面白かったのか、暫くの間、口元を隠しきれない程に笑っていた。

水貴は惜しむように沙夜達を見送ってくれた。また、いつでも遊びに来て欲しいと言っていたが、その際の玖遠が顔を少し顰めていたのは気のせいではないだろう。

玖遠が行きと同じように沙夜を抱え、妖術を使って空を飛ぶようにしながら、木々の間を通り抜けていく。景色を眺めていた沙夜は何気なく、左手へと視線を落とした。

「……沙夜。手の甲はもう、痛まない？」

前方を見ていた玖遠が沙夜へと一瞬だけ、視線を向ける。左手の甲は玖遠が丁寧に手当てをしてくれたので、今は白い布が巻かれていた。

沙夜は己の心に確かめるように、胸に手を当ててみる。何も浮かんでこないのは、それまで抱いていた恐怖が薄れ、心がすっきりしているからだろうか。

「……ええ。玖遠様のおかげで、もう痛くはありません」

沙夜が笑顔で答えれば、玖遠は安堵するように穏やかな笑みを浮かべ返した。

六章 ✿ 守るもの

大蛇族の常夜桜の一件から十数日が経ち、水貴から便りが届いた。沙夜は玖遠に読んでもらっていたが、便りには先日の件へのお礼が綴られているようだ。

「東の妖達も活気を取り戻しつつあるらしい。周辺の土地も少しずつ潤ってきて、やっと春らしい春が来たと書いてあるな」

「それなら良かったです。……東に行った時、何だか寂しい感じがしていたので……」

沙夜が喜んでいると、続きを読んでいた玖遠の表情が何故か少しずつ曇っていった。

「……玖遠様？　……あの、他に何が書かれているのですか」

沙夜がおずおずと訊ねてみれば、顔を上げた玖遠は気難しそうな表情をしていた。

「沙夜が常夜桜を復活させてから数日後くらいに、妖狩りと思われる人間が大蛇族の守護領域に侵入し、妖達を襲ったらしい」

どういうことか、と驚いた沙夜は思わず腰を上げる。

「人間が結界内に入った件に関しては調査しているみたいだ。……でも、何か薬を盛られたのか、被害に遭った者達は身体が痺れて動けなかったとのことだ」

「水貴さんや妖達は……大丈夫だったのですか」

「ああ。水貴殿が妖狩りを追い返し、事なきを得たようだ」

その言葉を聞いて、沙夜は胸を撫で下ろした。玖遠は水貴からの便りをそっと閉じる。

「ただ、もしかしたら常夜桜の挿し木が盗まれた時に感じた甘い香りと何か関係があるかもしれないと、水貴殿は睨んでいるらしい。怪しんだ彼女はその妖狩り達に追っ手を付けているようだ」

「……!」

「それと妖狩り達は『金色の瞳』の妖を捜していた、と」

はっとした沙夜は、玖遠も当てはまることに気付く。金色の瞳を持つ妖は他にもいるだろう。だが、妖狩りの手が彼に伸びるかもしれないと思った沙夜は身体が強張った。

「沙夜。心配しなくても、俺はそこらの妖狩りには負けないよ」

沙夜の不安を感じ取ったのか、玖遠は穏やかな声で言葉をかけてくる。それでも得体の知れない何かが静かに迫ってきている気がしてならなかった。

すると、慌ただしい足音が近付いてきて、転がる勢いで八雲が部屋へと入ってくる。

「――玖遠様！　守護領域外で妖狩りに襲われた者達が運び込まれてきました！」

気付けば、遠くから焦ったような声が響いてくる。他の妖達も妖狩りに遭った者達に対応し始めているのだろう。先日と同じような緊張を感じた沙夜は、唾をごくりと飲んだ。

「またか……。……負傷者の容態は」

「被害に遭った妖達の多くが、牙や角を無理矢理に切られています……」

「……随分と嫌な狩り方をしているな。妖達は人間に気付かなかったのか？」

「それが……妖狩り達は特殊な術を施したお面を被っていたようで、人間だと認識出来なかったそうです。……あと、襲われる前に甘い匂いがして、急に身体が動かなくなったと言っていました」

「甘い匂い、か……。……いや、まさかな」

玖遠は何か思い当たることがあるのか、どこか疑うような表情を浮かべている。

「幸いにも命までは取られなかったようですが、身体が痺れて動けない状態が続き、衰弱しかけている者ばかりです」

妖狩りの存在を苦々しく思っているのか、八雲の表情は歪んだ。

その時だった。玖遠の目の前に突然、青白い炎が現れ、何もない空間から、いくつかの細長い紙がひらりと舞い落ちた。

「っ、これは……火急札……！」

玖遠と八雲の顔が同時に強張る。床上へと落ちたのは数枚の火急札だ。それがどのような時に使われるものなのか、沙夜も知っているため、身体が固まってしまう。

「……どれも守護領域外の庇護下の妖達からか」

玖遠は火急札をざっと横に並べる。火急札には預けている妖の名が綴られており、全て半分に割るように破られている。

何かに気付いたのか、玖遠はその内の一枚を手に取ると鼻に近付けた。

「……甘い匂いが染みついているな」

しかし、玖遠もその匂いが何なのか分からないようで、顔を少し顰めていた。

「こんなに一度に火急札が使われるなんて、おかしいですよ……！　まるで示し合わせているみたいに……」

「……確かに罠の可能性もあり得るな」

八雲の言葉に、玖遠は眉を顰めながら同意する。彼も何枚もの火急札が使われたことを怪しんでいるのか、厳しい顔をしていた。

「それでも、火急札が使われた以上、妖達の身に何かが起きたのは間違いないだろう。むしろ、何があるか分からないからこそ、行かないわけにはいかない」

玖遠の横顔は毅然としており、頭領としての責務を果たそうとする強い意志が窺えた。

「……八雲。俺の不在時の負傷者への対応と屋敷の者達への指示は任せた」

「……！　分かりました」

八雲は険しい表情のまま頷き、踵を返した。

深い息を吐き、玖遠は二階棚に置いてある冊子箱を手に取ると、そこから紙を一枚取り出し、沙夜へと手渡した。それは作るのが難しい上に貴重だと聞いている火急札だった。

「……沙夜。君もこれを念のために持っていて欲しい」

「これは……火急札、ですか」

「そうだ。……俺は今から火急札を使った者達を助けに行かなきゃいけない。でも、もし何かあった時にはこの札を破って、俺に知らせて欲しい。必ず飛んでくるから」

ここは結界によって平穏が保たれているが、万が一を考えてのことだろう。火急札を託された沙夜は力強く頷き、袂へ入れた。

「それと君に一つ、謝らなければならない。……俺は常夜桜だけでなく、妖達を守り、まとめる頭領だから、彼らを害する相手が人間ならば……その時は対立することになる。そうなってしまえば、君に心苦しい思いをさせてしまうかもしれない」

玖遠は苦渋の表情を浮かべていた。律儀にも謝ってくる彼を見て、沙夜は目を瞬かせ、そして小さく微笑んだ。

「私は玖遠様の妻です。そして、妖の頭領の妻でもあります。……なので、どうか、玖遠様はご自身が頭領としてなすべきことをなして下さい」

胸を張りながら答える沙夜に、玖遠はどこか安堵するように頷き返した。

「……ありがとう、沙夜」

威厳に満ちた頭領としてではなく、今だけは沙夜の夫として、玖遠は柔らかな表情を向けてくる。

「……ですが、どうかお気を付け下さい」

玖遠が妖狩りに狙われている可能性がある以上、心配で堪らない沙夜は思わず彼の袖をぎゅっと握った。すると次の瞬間、沙夜は玖遠の腕によって包み込まれていた。いつもよりも、彼は強く沙夜を抱き締めてくる。

「必ず沙夜のもとに戻ってくるから」

だから安心して欲しい、と言っているようだった。沙夜は彼の胸へとしがみ付き、強く頷き返す。

「……待っています」

「それじゃあ、行ってくるよ」

腕を離した際の玖遠の表情は、見惚れる程に凛としていた。彼は沙夜に背を向け、部屋から出て行く。沙夜は自身が仕立てた羽織を纏っている彼の背中を見送った。そして、たとえ危険なことがあっても、羽織が玖遠の身を守ってくれますようにと強く祈った。

玖遠は数人の妖を連れて、すぐに飛び立った。出立してから、それ程時間は経っていないというのに、彼のことが気になって落ち着かない沙夜は深い溜息を吐いた。

火急札が使われた以上、妖達の身に危険が迫っていることは確かだろう。もしかすると、金色の瞳を持つ玖遠をおびき寄せるためなのかもしれない。だが、鬼面を被っていた妖狩り達が沙夜を捜していたと知っているからこそ、どうしても違和感が拭えなかった。

……妖狩りの本当の狙いは……。

沙夜の表情が強張っていると気付いたのか、隣を歩いている白雪が顔を覗き込んだ。

「大丈夫ですよ、沙夜様。きっと、今日中にはお帰りになりますって！」

白雪は明るい声で沙夜を励ましてくる。

玖遠が不在の間、居ても立ってもいられなかった沙夜は負傷した妖達のために少しでも役に立ちたいと思い、白雪と共に布を細く裂いて包帯を作る作業を行っていた。

今は作り上げた包帯の束を負傷した者達が寝ている部屋へと届ける最中だ。

「そうね……。でも、待つことって、思っていたよりも不安になるのね……」

玖遠は妖の中でもかなり強い方だと聞いている。たとえ、妖達を助けに行った先で妖狩りと鉢合わせすることになっても、彼ならば大丈夫なはずだ。

「……んっ？　あれ……何だか、お菓子みたいな甘い匂いがする……」

そう言って、白雪は急に足を止め、どこかに向かって匂いを辿るように鼻を鳴らした。

「え？　……そんな匂い、しないけれど……」

沙夜も嗅いでみるが、白雪が言っているような匂いはしない。

次の瞬間、白雪の身体はがくんと軸を失ったようにくずおれる。更に変化の術が解け、白い狐の姿へと戻った彼女は渡殿の上にぺたんと伏した。

「白雪っ⁉」

「うぅっ……。ち、力が出ません……。身体が痺れて……動けない……」

声を発することさえも辛いのか、白雪は苦しそうに呼吸している。

だが、すぐに沙夜は顔を強張らせる。屋敷に運び込まれている妖達も、妖狩りに襲われる前に「甘い匂い」がしたと言っていたことを思い出したからだ。

……もしも、その香りが妖のみに効くものだとしたら……！

匂いを感じ取れない沙夜は、どこからその香りが流れてきたのか分からない。念のために周囲を確認しても妖狩りらしき人影は見当たらなかった。

発生源が分からない以上、白雪をここに留めておけないと思った沙夜は持っていた包帯を放り出して、彼女を抱き抱える。

「待っていて、今すぐ八雲さんのところへ連れて行くからっ」

八雲は負傷した妖達の世話をするため、この屋敷で一番広い廂にいるはずだ。

……誰かが妖の身動きを封じる香りを流していることを早く伝えないと……！

沙夜は小走りで渡殿を駆け抜け、八雲がいる場所を目指した。しかし、沙夜の視線の先には、簀子の上で片膝を立てて丸柱に手を添えている八雲の姿があった。

「八雲さんっ⁉　まさか、八雲さんも……？」

「……くっ……。白雪も、嗅いだのか……」

さすがに玖遠に実力を認められているだけあって、八雲は多少、動けるらしい。

はっとした沙夜は廂へと視線を向ける。そこには負傷した妖達だけでなく、玖遠の配下の妖達が床上に倒れている姿があった。

恐らく、屋敷中の妖達が似たような状態なのだろうと沙夜は察してしまう。

「玖遠様に留守を任されているというのにこの様だ……。くそっ、一体どこからこの香りは流れてきているんだ……」

「風で香りを吹き飛ばすことは……」

「妖力が使えない。……動くだけで精一杯だ。とにかく、香りが薄い場所へ……」

その言葉に沙夜はさぁっと青褪める。八雲でさえ使えないならば、ここにいる全ての妖も妖力が使えないことを意味していた。

すると彼は何かを感じ取ったのか、沙夜の腕を引っ張るとその背で隠すように庇った。

「――何者だっ」

八雲が睨む先に視線を向ければ、屋敷の敷地内に足を踏み入れてくる四つの人影があった。彼らが人間だと気付いたのは、わざとらしく被っていた鬼面を取ってみせたからだ。

そして、持っている武器を見れば、彼らが妖狩りであることは明白だった。四人は我が物顔で庭の砂利を蹴とばしながら近付いてきた。

「……いやぁ、やっと見つけたぜ。まさかこんなところにいたなんてな。道理で東にはいないはずだ」

四人の内の一人が、沙夜を見据えて小さく呟く。その瞬間、沙夜の背中には冷たいものが流れていった。

「何故、人間が……。玖遠様の結界は、人間を通さないはずだ……！」

吠える八雲に対し、妖狩り達は嘲りの声を返してくる。

「妖ってのは、結局、人間様の頭には敵わねぇんだよ」

妖狩りの一人が、自身の頭を指先でとんとんと叩きつつ挑発してくる。

「この場所を囲っている結界は、妖力を持つ者、つまり妖だけは通れるようになっている。ならば、一時的に妖力を含んでいるものを身に着ければいいだけさ」

そう言って、妖狩り達が懐に仕舞っていた首飾りらしきものを掲げた。紐が通されているのは牙や角のようなものばかりで、数個どころの数ではなかった。

「ひぃっ……」

沙夜の腕の中の白雪が短い悲鳴を上げた。

「妖の……気配がする。まさかっ……妖から削いだものか……！」

八雲の言葉を鼻で笑いつつ、妖狩りは指先で首飾りを弾いた。彼らが行った悍ましい所業に沙夜は絶句してしまう。八雲に至っては、仇を見るような形相をしていた。

「この数の牙や角を揃えるのは中々大変だったぜ。でも、これさえあれば、楽勝だったけれどな」

妖狩りは鬼面を指で示しながら、妖達を見下すような笑みを浮かべた。

「この鬼面を被っているだけで、誰も人間だって気付きやしない。妖達に紛れることだって簡単さ。……本当、妖ってのは、馬鹿な生き物だよなぁ？」

つまり、彼らは妖の目を掻い潜る道具を作り、残酷な方法を使って玖遠の結界さえも突破し、ここまで侵入してきたのだ。

沙夜はすでに察していた。彼らがどのような目的を持って、ここを訪れたのかを。

「――こら、源藤。お喋りはそこまでだ。まだ、やることが終わっていないだろう？」

四人の妖狩り達の後ろから、もう一人、鬼面を被った人間が姿を現した。

「っ……」

どくんっ、と心臓が強く脈を打つ。その声の主を拒否するように、沙夜の身体は震え始める。まるで虫が身体を這うような心地が全体に広がって行った。

「……やぁ、許嫁殿。久しぶりだね？　君を迎えに来たよ」

男は鬼面を取った。沙夜の方を見て、あの時と何も変わらない不気味な笑みを浮かべている。彼は紛れもなく榊原清宗だった。

「君が妖に攫われて、私は食事が喉を通らない程に心配していたんだよ？　特に伯父上なんて、死に物狂いで君を捜していてね。大金を積んで、経験豊富な妖狩り達に声をかけ、捜索を依頼した程だよ」

「……っ！」

沙夜は声を上げることも出来ないまま、後ろへと一歩下がった。

「それに私も妖狩りの心得があるからね。こうやって、道具を提供することにしたんだ」

清宗はどこか得意げな顔で、鬼面の裏側を見せてくる。そこには呪文と思われる文字がびっしりと刻まれていた。

「ここに辿り着くまで本当に苦労したよ。妖に紛れて君を攫った奴の特徴を尋ね回ったり、東に新しく龍脈が流れたと噂を聞いて、君の所在を確かめに行ったり」

「東……。ま、さか……」

清宗の話を聞いて思い浮かんだのは、今朝方、水貴から送られてきた便りの内容だ。大蛇族の守護領域に侵入した妖狩りは、父や清宗の差し金だったというのか。

「どうして、こんな……ことを……」

「そりゃあ、君を取り戻すために決まっているだろう？　でなければ、貴重な『禁妖香』を使って、頭領をおびき寄せることなんてしないよ」

頑張っただろうと言わんばかりに清宗はわざとらしく両手を広げる。初めて耳にする「禁妖香」という言葉に、沙夜は眉を顰めた。それこそが妖達が言っている「甘い香り」の正体なのだろうか。

「頭領を……おびき寄せる、だと……」

八雲の顔が強張っている。彼も何かに気付いたらしい。

「妖に紛れていれば、『頭領の玖遠』の話はたくさん聞けるからね。……だから、逆に彼の性格を利用させてもらったよ」

そう言って、清宗が懐から取り出したのは「火急札」だった。沙夜は目を大きく見開いた。玖遠の庇護下の妖が持っているはずの札を、何故彼が持っているのか。

「いやぁ、この札は実に便利だ。まさに妖の頭領を呼び出す道具だね。今頃、頭領は呼び出しを受けて、助けに行っているんだろう？　彼は庇護下の者を見捨てたりはしない、随分とお優しい妖らしいからね」

「貴様っ……！」

恐らく、清宗は周辺の妖の棲み処に、妖の自由を奪う「禁妖香」を焚いたのだろう。そして、妖達が持っていたはずの火急札を奪い、示し合わせたように使ったのだ。全ては玖遠をこの屋敷――いや、沙夜の傍から離すために。

金色の瞳の妖を捜していたのも、沙夜を連れ去った「玖遠」を見つけるためだ。玖遠の傍に沙夜がいるならば、きっと目印として捜していたに違いない。

……全て……私のせい……。

妖が怪我をしているのも、禁妖香で動けなくなっているのも、全て沙夜のせいだ。

頭の中が真っ白になっていき、心に浮かんだ罪悪感を拭う方法など一つもなかった。

「さぁ、帰ろう。君の居場所はここじゃない。こんな獣臭い所に囚われて、さぞかし大変だっただろう？　あの屋敷に一緒に帰ろうじゃないか。君のお父君も待っているよ」

いつのまにか、清宗は土足で階を上ってきていた。まるで蛇に睨まれた蛙のような心地になり、身体の震えが増していく。

……そうだわ、火急札を……。

玖遠から渡されていた火急札の存在を思い出し、沙夜は白雪を抱えていない方の手を袂へとそっと伸ばした。だが、瞬きをしたほんのわずかな間に、清宗は立ち塞がっていた八雲を蹴り飛ばし、沙夜の前へと現れる。

「がはっ……」

「八雲さんっ⁉」

気付いた時には、清宗の手が沙夜の腕を掴んでいた。彼は沙夜が取り出そうとしていた火急札をいとも簡単に奪っていく。

「この札、まだ持っていたんだ。さすがにここで使われるわけにはいかないからね」

清宗は火急札をぐしゃりと握り潰し、懐へと突っ込んだ。

沙夜だけでなく、ここにいる妖達にとっても火急札は最後の手であった。それが失われた今、もう他にこの状況を打破するための術など無かった。

「これ以上、変な気は起こさない方がいいよ。禁妖香はまだ残っているんだ。妖力も使えず、地に這いつくばるしかない彼らがどうなっても知らないよ？」

清宗の言葉は、この場にいる妖達が人質だと言っているようだった。

彼は腰に下げている掌くらいの大きさの壺をわざと掲げて見せつけてくる。恐らく、その壺の中に禁妖香が入っているのだろう。

「っ……！　彼らには手を出さないで下さい！　……あなた方の望みは私を連れ帰ることでしょう。彼らは関係ないはずです」

沙夜は清宗の腕を強く振り払う。

目の前にいる清宗は、目的のためならば手段を選ばない人間だ。沙夜に言うことを聞かせるためなら、妖を傷付けることだって容易く出来てしまうのだろう。

沙夜は無抵抗のまま動けないでいる妖達へと視線を向ける。彼らの瞳には妖狩りに対する怯えが映っていた。そんな彼らの姿を見てしまえば、清宗達に対して怒りと呼ぶべき感情が次第に込み上げてくる。

……しっかりしなきゃ。私は『頭領の妻』だもの。それなら、あの方が守っているものを今、守るのは私の役目よ。……私が、この場を収めないと。

自分がやるべきことを悟った沙夜は、守るための覚悟を決めた。

「取引をしましょう」

「取引？」

「私を連れて帰りたければ、これ以上、妖達を傷付けないと約束して下さい。出来ないようであれば……」

沙夜は右耳の上に飾っている髪飾りを片手で引き抜き、先端を自身の首へと添えた。

「ここで命を絶ちます」

それは妖の頭領の妻として、沙夜が覚悟を決めた表明でもあった。

「……！　……へぇ、随分と妖達に入れ込んでいるんだね？　愛玩動物を愛でるような情でも湧いたのかな？」

「どうしますか。早くお決め下さい」

沙夜は清宗の煽りを一切無視して、髪飾りの先端を喉へと突き立てる。清宗は眉を顰め、それからわざとらしく肩を竦めながら溜息を吐いた。

「いいよ、許嫁殿の条件をのもう」

清宗は面白いものを見るような表情で沙夜を見ている。その視線を受けながらも、沙夜は抱いていた白雪を八雲へと渡した。

「さ、沙夜様……」

まだ身体が痺れているのか、白雪が舌足らずな声で沙夜を呼ぶ。

「……私のせいで、迷惑をかけてしまってごめんなさい」

沙夜が去り際に呟けば、八雲は顔を顰め、白雪は今にも泣きそうな表情を浮かべた。

「やだ……行かないで、沙夜さま……っ。行っちゃ、駄目ですっ……」

後ろから白雪の泣く声が聞こえてきても、妖達の視線を感じても、沙夜は振り返らない。

清宗と共に階を下り、自分の草履を履いてから、屋敷を出ていく。

たとえ、沙夜が妖達にとって異物でも、玖遠がいるこの場所は自分の新しい居場所だった。それならばなおさら、自分は守らなければならない。

……だから、私の心は全部、ここに置いていくわ。

もう、二度と玖遠とは会えないかもしれない。それでも、この心は玖遠だけのものだ。

どれ程、尊厳を奪われようとも、玖遠を想う気持ちだけは奪われない。

清宗はやっと沙夜が手に入ると思っているのか、薄気味悪い笑みを浮かべたままだ。そんな清宗や自分を利用することしか考えていない父に向ける情なんて、一つもない。

清宗達を牽制するように、沙夜は髪飾りを握り締め、胸元へと添えた。そして、毅然とした表情を崩すことなく、その身を差し出すように一歩、前へと出た。

七章 ✿ 末裔の終幕

どのように山を下りて、実家がある都へと戻るのかと思っていれば、清宗達は馬を使ってここまで来ていたらしく、沙夜は強制的に馬の上へと横向きに座るように乗せられた。四人の妖狩り達は元々、榊原家のお抱えのようで、清宗を若と呼び、従っていた。どうやら、玖遠が沙夜を連れ去った時、あの場にいたのは彼らだったらしい。

妖狩り達は己の存在を覚られないようにと特殊な術を使っているようで、山の中を進んでいるというのに妖と遭遇することはなく、日が暮れる頃には屋敷に着いていた。

二度と戻りたくはなかった実家に、このような形で帰って来ることになるとは思っていなかった。沙夜は心の支えである髪飾りをぎゅっと握り締め、豪奢な屋敷へと入った。

「本当はすぐにでも君と夫婦の契りを交わしたいところだけれど、身を清めてもらってからにするよ。いくら君が繁栄をもたらす『いとし子』だとしても、今は妖力で穢れている状態なら、触れ合うのは避けたいし」

清宗は心底残念そうに言ったが、以前彼に襲われそうになったことがある沙夜は密かに安堵した。だが、彼が口にする単語が気になり、沙夜は冷めた声で訊ねた。

「……私を呼ぶ時、よく『いとし子』と言っていますが、それは『龍穴の神子』のことを指しているのですか」

前々から、この二つは同じ意味なのではと思っていた沙夜が訊ねれば、彼は口元をにやりと緩め、得意げな表情で答えた。

「よく知っているね。……それなら、我が榊原家が初代の神子の血筋であることは知っているかな？　この血筋のおかげで榊原家には稀に君のような神子が生まれるんだよ」

初めての情報に沙夜が目を見開けば、彼は楽しそうに笑っている。

「……また、神子が生まれたならば……私のように屋敷に閉じ込めるのですか」

「もちろん、そうさ。神子は榊原家にとっては宝だ。生まれれば、その存在を一生秘匿し、更に一族の者と結婚させて、子どもを産ませる……。そして、その子どもを人質に取れば、神子を永遠に榊原家に縛り付けることが出来るだろう？　本当、この仕組みを考えた先祖には感謝だよ」

からからと清宗は笑っているが、普通の感性を持っているならば、神子である本人に面と向かって言うことではないだろう。沙夜は顰めた顔を見られないようにと袖で隠した。

……これが神子を使い潰し、榊原家が繁栄し続けてきた真実だというの……。

思わず吐き気がしたのは、神子からの搾取によって栄えた一族の血が自分にも流れていると気付いたからだ。この悍ましい事実を簡単に飲み込むことなど出来なかった。

するとそこへ、妖狩りの男がやって来て、清宗へと耳打ちしてくる。

「――えぇ？　伯父上が呼んでる？　……仕方ないなぁ。まぁ、あれを枯らすわけにはいかないし。……許嫁殿。禊の前にやることがあるから、先にそっちへと案内するよ」

清宗が歩く方向を変えて、沙夜に付いて来いと促してきたため、渋々後ろを歩いた。

元々住んでいた屋敷へと押し込められるのかと思っていたが、清宗に連れて行かれたのは、人の気配が感じられず薄暗くて空気が重い、本邸の奥間だった。彼が足を止めたのは塗籠のような場所で、その壁一面には文字が書かれた札がびっしりと貼られている。

「ここは……」

「この屋敷の中で最も安全な場所さ。妖除けの術だけでなく、外との繋がりを遮断する結界も張ってあるから、力の強い妖でも見破れないし、壊すことも出来ないだろうね」

彼は自身が施した術を自慢げに話す。つまり、沙夜の居場所を玖遠に覚られないようにここへと隠し、閉じ込める気なのだろう。だからこそ、この先へと行きたくはなかった。

……でも、何故かしら。この壁の向こうから知っている気配が伝わってくる……。ううん、引き付けられる「何か」が、そこにある……。

だが、その気配はあまりにも弱々しかった。

「さて、お喋りはここまでだ。……伯父上。あなたの大事な神子を連れ帰りましたよ」

清宗は声をかけつつ、枢戸を開いた。その先は意外にも、壺庭のように土と砂利が敷かれ、開けた場所になっていた。顔が分かる程に明るいのは台灯籠が置かれているからだ。清宗は沙夜が壺庭に入ったことを確認すると枢戸をすぐに閉めたため、この場にいるのは目の前の人物を含めた三人だけだ。

「……お父様」

壺庭の中心には、相変わらず贅沢を体現したような衣を着ている父がいた。

「おお、やっと連れ帰ったか。……全く、無駄な金を使わせおって。あとでその身でしっかりと稼いで返すように。……しかし、それよりも先に急いでやるべきことがある」

父は身体を少しずらし、沙夜へとあるものを見せる。

膝くらいの高さの細い木がそこには立っていた。今にも折れそうな程に細い枝には、片手で数えられる程度の花が咲いており、花の色は薄紅色で淡く光っている。

「沙夜に見せるのは初めてだったな。これは我が家の『御神木』だ」

「……違うわ」

沙夜は反射的に言葉を返す。自分を引き寄せていたのはこの木だったのだ。

「これは『常夜桜』です。どうして、このようなものがここにあるのですか」

確かに常夜桜だと分かるのに、いつものように声が聞こえてくることはなかった。何となく嫌な予感がしたのは、頭の中で欠片と欠片が合わさろうとしているからだろう。

「……そういえば、お父様が『御神木』の話をするようになったのは数年程前からでしたね。……こちらの常夜桜は、元々ここには無かったものでは？」

「ふんっ。仕方がないだろう？　この世に存在する常夜桜はほとんど妖どもが隠している故に簡単に奪うことなど出来ぬ。野生のものも探したが見つからなかったのだ。それでやむを得ず、とある『常夜桜』の『挿し木』を手折り、ここに植えるしかなかった」

父はありったけの金をつぎ込み、それはもう苦労して手に入れたと言って、肩を竦めているが、その言葉を受けた沙夜は確信を抱いていた。

……大蛇族から常夜桜の挿し木を盗んだのはお父様だったのね……。

この壺庭を囲うように妖除けの術を施し、強力な結界を築いているのは、大蛇族から隠すためだったのだろう。それ故に彼は見つからないようにこっそりと育てていたのだ。

「……何故、常夜桜を欲しがったのですか。これは植物型の妖です。妖力に慣れていない者が近付けば、中てられて不調を起こすと聞きました」

「知らぬのか？　この花びらには人間にとって長命を得られる力が宿っているんだぞ」

「は……長命……？」

「まぁ、簡単に言えば、花びらを食べ続けることで若々しい姿のままで長生き出来るということさ。きっと、常に濃い妖力を放出しているのも、人間に花をむしられないための自衛手段なんだろうね」

父の言葉に付け足すように清宗がそう告げる。

「今はまだ低木のままだが、いずれ花を満開に咲かせるだろう。それまでの辛抱だ。……これで我が榊原家は、常夜桜を使って更なる栄華を手に出来るのだ……！」

常夜桜は龍脈が通るところにしか咲かない。つまり、常夜桜が咲く場所は繁栄が約束された特別な場所でもあると父は理解しているのだろう。

「……今でも十分に栄えているではありませんか。これ以上、何を望むんですか」

「何を言っておる！　全盛期に比べて徐々に衰退しておるのだぞ！」

「歴代の神子達のおかげで栄えたけれど、その繁栄も少しずつ衰えていくみたいでね。曾祖父が生きていた頃が、榊原家の最も輝かしい時代だったらしいよ」

清宗は肩を竦めているが、沙夜には榊原家のどこが衰退しているのか分からない。

「本来ならば、この国の帝となるのは、いとし子の血を受け継ぐ榊原家の者だったというのに……！　だからこそ、わしが永遠なる命をこの身に宿し、無限の財を得て、誰も成し得なかった栄華を完成させてみせる……！」

野望を語る父の姿を沙夜は冷めた目で見ている一方で、彼が何故、常夜桜を得ようとしたのか、やっと分かった。父は焦っているのだ。限りがある命を持つ者として、その人生が終わってしまう前に愚かな野望を果たそうと必死なのだろう。

「さぁ、沙夜。今すぐ赤い領巾を仕立てて、御神木へと奉納するんだ。せっかく、お前を連れ戻したというのに、朽ちてしまっては意味がないからな」

「赤い、領巾……」

事前に用意していたのか、父は布の包みを投げるように寄越してくる。足元へと落ちた包みの結び目が解け、赤い布と針箱が転がるように姿を現した。

……つまり、私がかつて強要されながら仕立てた赤い領巾は……龍脈を流す儀式に使われていたのね。

本来の儀式のやり方が正しく伝わっていないのだろう。中途半端な儀式だが神子の力が宿った赤い領巾を毎月捧げていたことで、常夜桜は成長はせずとも、何とか現状を保っていられたのかもしれない。そして、枯らさないためにも父は沙夜を取り戻そうと躍起になり、深い執着から妖達を傷付けるという暴挙に出たのだ。

「何を呆けている？　お前が枯死寸前の常夜桜を再生させたことは調べがついているのだぞ。早く仕立てろ！」

中々動こうとしない沙夜に、父が声を荒らげる。

「――お断りします」

足元を見つめていた沙夜は父へと真っ直ぐ視線を向けた。

父も清宗も、沙夜が拒否するとは微塵も思っていなかったのだろう。彼らは何が起きたのかを理解するまでに、時間がかかっているようだった。

「私がここへと戻ってきたのは、大切な方の大事なものを守るためです。あなた方に利用されるためではありませんっ」

袖の中で拳を握りつつ、沙夜は声を張り上げた。

「なっ……。誰に歯向かっておる！　これは命令だっ！」

すると憤った父は懐へと手を突っ込んだ。何をする気かと身構えていると、彼が取り出したのは懐刀だった。沙夜は思わず怖気付いて、固まってしまう。

……この懐刀は……脅す時にいつも、使っていたもの……っ！

沙夜を従わせるために脅す父の姿は、昔と何も変わらない。乗り越えたと思っていても、身体が震えるのは、過去を思い出してしまうからだろう。

心を落ち着かせようと手を握り締めれば、ずっと髪飾りを掴んでいたことに気付く。

そこでふと、沙夜は身も心も玖遠に守られていることを思い出す。冷たくなっていた手には次第に熱が戻り、いつの間にか震えは止まっていた。

……あの方に守られているなら、立ち向かえるはずよ。

自分はもう、父を恐れる必要なんてないと思い至った沙夜は深呼吸をしてから、一歩前へと進んだ。自ら刃へと近付く沙夜の行動に、父は明らかに動揺した様子を見せた。

「私はあなたに屈したりしません。何度、刃を向けられても、罵られても、二度とあなたの思い通りになったりしないっ……！」

「このっ……！」

楯突き続ける沙夜の態度に激高した父は、自分が何をしようとしているのか、理解出来ていないのだろう。彼は沙夜に向けて、懐刀を振り下ろそうとした。

だが、懐刀が風を斬る音を掻き消すように、地面を揺らす程の轟音がその場に響いた。

「なっ、何事だ……!?」

地響きは一度だけではなかった。屋敷全体を震わせる轟音は、絶え間なく続いている。

それはまるで屋敷が攻撃されているようだった。

「ちっ……。妖除けの術が……破ら、れる……!」

清宗の顔が歪んだ次の瞬間、岩石が落ちてきたような激しい音が、どぉんっと響く。身体を震わせる衝撃が父達に伝わったことで体勢が崩れ、彼らの注意が沙夜から逸れた。

沙夜はもう分かっていた。誰が妖除けの術を破ってまで、この屋敷に入ろうとしているのかを。それが何のためなのか気付いてしまい、じわりと涙が込み上げてくる。

自分はここにいると相手に伝えるために全ての力を込めて、叫んだ。

「玖遠様っ──……!!」

次の瞬間、壺庭を囲う壁の一面が、外側からの衝撃によって吹き飛ぶように崩壊した。

木くずが交じった烈風が沙夜の身体をよろめかせる。気付いた時には、破壊された壁に連なるように崩れた天井から瓦礫が降りかかろうとしていた。

……間に合わない……！

逃げることが出来ず、沙夜は思わず目を瞑る。

しかし、降りかかるはずの痛みを待っていても、一向に訪れる気配はない。沙夜が窺うように瞳を開ければ、壺庭の天井は完全に崩壊し、夕闇色の空が見えた。

だが、何よりも驚いたのは自分が見慣れた腕の中にいたことだった。

「――くっ、玖遠様っ……！」

「……怪我は……ない、ようだね。良かった……」

彼は崩れ落ちる瓦礫から沙夜を庇うように抱き締めていたが、まるで切り傷を負ったように、瓦礫が当たっていない箇所からも血を流していた。もしかすると、壺庭を守るように張ってあった妖除けの術を無理に破ったことで身体に負担がかかったのかもしれない。

「玖遠様、血が……！　大丈夫ですかっ!?」

沙夜はすぐに衣の袖で、彼の頭から流れている血を拭き取った。常夜桜の儀式の際、玖遠のおかげで乗り越えることが出来たからこそ、今は血に対する恐れは湧かなかった。

「俺なら大丈夫だよ。見た目程、傷は深くないし」

玖遠の頭から流れる血を拭いていた沙夜は手を動かすのを止めた。玖遠の顔はまるで全ての感情が抜け落ちたように、無だったからだ。

……これは……怒っている……？

じわり、と肌を刺すような小さな痺れが玖遠から漏れ出ていた。沙夜は玖遠の妖力の圧

がかけられる対象ではないからか、身体にそれほど異常を感じることはない。

「……ああ、なるほど。常夜桜を隠すために、これ程までに強力な術を施していたのか」

玖遠は低木の常夜桜に憐れむような視線を向け、そして細めた目で父を見据えた。

妖力が不安定になっているのか、金色の瞳は淡く光り、彼の周囲では火花が散っている。

屋敷全体に響く軋んだ音は、亀裂を生み出しており、鳴り止むことはない。

「ぐっ、あぁっ……！」

首を絞められたような声を上げて、その場に伏したのは父だ。玖遠の妖力の圧によって、叩き潰されるように砂利へと押し込まれている姿は、石で潰された野花に似ていた。

一方で清宗も倒れているものの意識はあるようで、胸を手で押さえながら荒く息を吐いている。彼の瞳は玖遠に向けられており、汚いものを見るような表情をしていた。

「こ、のっ……獣のくせに、見下しやがって……！」

清宗が腰に下げている壺へと手を伸ばす。その中には妖の自由を奪う禁妖香が入っていたはずだ。彼が急いで壺の蓋を開けようとするが——。

玖遠が冷めた表情で指をくいっと動かす。すると、どこからか吹いた風が禁妖香の壺を攫っていく。気付いた時には玖遠の手の中に壺があり、彼はすぐに袂へと入れた。

「なっ……」

清宗にとっては玖遠に対抗出来る唯一の手段だったのだろう。彼の表情は希望を失ったように強張る。

「言っておくが、この程度のもので俺の動きを縛れると思うなよ。この香は並の妖にはよく効くが、頭領くらいに強い奴には効かないからな。……お前達はその頭領を相手に喧嘩を売ったんだと、分かっているよな？」

ぞっとするような低い声を浴びせられた清宗は引き攣った声を上げ、顔を歪めていた。

「沙夜は返してもらうぞ。……お前らのような人間に、二度と彼女を利用されて堪るか」

冷ややかな声は全てを切り裂く刃のように鋭かった。玖遠の言葉に、痛みに耐えていた父の目がかっと見開く。彼は玖遠の力に怯えつつも、沙夜へと手を伸ばしてきた。

「ぐ、おぉっ……渡さぬっ、渡さぬぞ……！　沙夜が生まれてくるまで、どれ程の時間と労力を費やしたと思っておる！　神子の力が成熟するまでどれ程、待って――ぐふっ」

「それ以上、喋るな。沙夜の耳が穢れるだろうが」

沙夜に執着を見せる父に向けて、玖遠が右の掌を上から下へと下げる動作をすれば、父は見えない何かに圧迫されたような悲鳴を上げる。そんな父の姿を見た清宗はがたがたと震え始めた。次は自分が父のようになると思ったのかもしれない。

「はぁ……。本当は今すぐ殺してやりたいくらい憎いけれど、沙夜が嫌がるからね。これ以上は止めておこう」

玖遠がそれ以上は攻撃してこないと分かったのか、父達は一瞬、安堵の表情を浮かべていたが、すぐに息を吞んだ。何故なら玖遠が蔑んだ表情で彼らを睨んでいたからだ。

「愚か者達よ、よく聞け。……龍穴の神子というものは本来、慈しまれなければならない存在だ。その神子を慈しむことなく、自分勝手に虐げれば——その地に龍脈が通ることは二度とない。この理由が分かるか？……神子がその地を『見限る』からだ」

清宗が先程、話していたことをふと思い出す。自身の子どもを人質に取られていたからこそ、神子達は榊原家を「見限る」ことができなかったのだろう。しかし、それは負の循環を生み出していたのだ。

「たとえ神子を別の場所で囲っても、その血筋に連なる者は神子の恩恵を受けることなど出来ない。……その常夜桜を見てみろ。枯れかけているのは龍脈が通っていないからだ」

「……っ！」

「お前達はすでに沙夜に見限られていると、何故分からない？言っておくが、この先再び沙夜を手元に置こうとしても無駄だ。これまで沙夜を虐げ搾取してきた報いは、必ずその身に返ってくるだろう」

父が摑もうとしていた全ての可能性を切り捨てるように、玖遠は冷めた物言いで忠告する。玖遠からの忠告を受け、父は何か身に覚えがあるのか、その顔がすっと青褪めた。

「沙夜、もうここに用はないね？それじゃあ、帰ろうか」

「……私、帰っても良いんですか。また、迷惑をかけるかもしれないのに……」

「迷惑だなんて思っていないよ。それに自分の大事な妻を迎えに行くのは夫の役目だからね。君がどこに行こうとも、何度だって迎えに行くよ」

そう言って、玖遠は小さく片目を瞑った。沙夜は泣き言のような言葉をぐっと飲み込み、表情を少しだけ崩しながら笑みを浮かべた。

「……はい。私の居場所は、玖遠様の隣ですから」

だが、そこに焦るような声が響く。

「――ま、待てっ！」

父はまだ玖遠に楯突ける気力があったようだ。彼は沙夜に向けて縋るように手を伸ばしてくるが、その執拗さは呆れを通り越して感心する程だ。清宗の方はというと、さすがに抵抗する気は起きないのか、玖遠を怯えた表情で見上げている。

「沙夜っ！　お前は親よりも、人間を害する妖の手を取るというのか⁉　きっと、その妖の美貌に魅了され、誑かされているに違いない！　それこそ、妖の思うつぼだぞ！」

その物言いはさすがに無視出来ない。沙夜は拳を握り締め、父へと向き直った。

「……それ以上、私の夫を侮辱する言葉を吐かないで頂けますか」

「はっ……？　お、夫……？」

夫という言葉の意味くらい知っているだろうに、父はぽかんと口を開けている。

「この方は私の夫です。私は自分の意思で、玖遠様の妻になると決めました。……妖に嫁いだ私と『人間』の榊原様がお会いすることは二度とないでしょう」

実家との縁が切れることがこんなにも胸がすく心地だとは思っていなかった。気持ちが晴れ晴れとしているからなのか、沙夜の顔には自然と笑みが浮かんでしまう。

「それでは、さようなら」

決別するように沙夜は父に背を向けて、玖遠の胸へと飛び込んだ。

玖遠はそれが合図だと分かっていたのか、沙夜を抱えるとすぐに風を操る妖術を使い始める。そして一瞬のうちに、天井が崩れ落ちた場所から、飛ぶように屋敷の外へと出た。

真下の屋敷からは叫び声が響いてきたが、沙夜は無視した。

玖遠は以前と同じように沙夜を抱えたまま、風の流れに沿いながら、屋敷から離れていく。長年住んでいた場所を離れても微塵も惜しむことがないのは、自分の心が全て玖遠に向いているからだと、沙夜は口元を緩めた。

「……はぁ……。本当に無事で良かった……。俺が迎えに行く前に、沙夜に何かされたらどうしようって、気が気でなかったよ……」

玖遠は噛み締めるように呟きつつ、沙夜を抱える手に力を込めてくる。

「あの、屋敷の皆は無事ですか……？」

「大丈夫だよ。少しずつだけれど、動けるようになっていたから。助けに行った妖達も怪我をしている者はいたけれど、命に別状はなかったし。……しかし、まさか、あの禁妖香が人間の手に渡るとはな……」

玖遠曰く、妖狩り達が使っていた「禁妖香」は普通の人間では手に入れられない珍しい物らしい。甘い香りを嗅いだ妖達が動けなくなる症状から、心当たりがあった彼は天狗の師匠に急いで連絡を取り、その香りの正体が「禁妖香」だと突き止めたという。

この香は妖だけに効くもので、嗅いだ者は一時的に身体が痺れて動けなくなる上に、妖力も使えなくなる。

今から二百年程前の妖狩り達がこの香を頻繁に使い、妖側には甚大な被害が出ていた。当時の妖の頭領達が協力して、原材料となる植物を片っ端から排除したことで妖狩りは禁妖香を使えなくなったらしい。それでも妖に気付かれないように密かに保管している人間がいたようで、今回使用された禁妖香はそのような相手から購入した物か、盗んだ物を使ったのだろうと彼は教えてくれた。恐らく、数年前に大蛇族の常夜桜から挿し木が盗まれた際にもこの香が使われていたのだろう。

回収した禁妖香は後で天狗の師匠のもとへと持って行き、処理してもらうようだ。

「……皆さんが無事で、本当に良かったです……」

沙夜が深く安堵するように呟くと、玖遠はどこかむっとした表情を浮かべる。

「良くないよ。……白雪に聞いたけれど、皆を守るために沙夜は妖狩りに身を差し出したらしいね？　……もう二度と、そんな真似はしないで欲しい」

懇願するように告げる玖遠の表情は、どこか切なげに見えた。

「……頭領の妻として、玖遠様にとっての大事なものを守りたかったんです」

「あのね、沙夜」

玖遠はお互いの額を重ねるようにくっつけてくる。

「そろそろ自覚してくれても良いんじゃないかな。……その大事なものの中に沙夜も含まれているんだよ？」

「っ……」

向けられたのが沙夜に対する深い情だと気付き、身体の底から熱が沸き上がってきてしまう。

「ははっ、顔が真っ赤だよ。……でも、そういうことだから、覚えておいてね？」

そう言って、玖遠は愛おしむような表情で沙夜の額へと軽く口付けてきた。

またもや沙夜は気恥ずかしさで何も言えなくなってしまい、彼の胸へと顔を押し付けながら隠した。頭の上からは楽しげな声が聞こえてくる。

……でも、本当に玖遠様のもとへ戻って来られたのね……。

自分を包み込む胸の温かさと優しい笑い声が現実だと教えてくれる。もう一度、彼の傍にいられることがどうしようもない程に嬉しくて、そして、幸福なことだと思えた。

それを実感した沙夜は、やっと心から安堵の息を吐くことが出来た。

終章　永遠に共に

榊原家の屋敷にあった常夜桜の挿し木は結局、枯れてしまった。玖遠が言うには、たとえ龍穴の神子の力でも、完全に枯死したものを復活させることはできないらしい。

玖遠が水貴に大蛇族の挿し木について便りを送ったところ、彼女はすぐに妖達を率いて榊原家に押し入り、無事に挿し木を取り返したとのことだ。

暫くして、春の風が山の中にも吹くようになった頃だった。どこからか届いた噂によると榊原家が没落したとのことだ。沙夜が見限ったことだけが原因ではない。父は日頃から帝や上流貴族に沙夜が仕立てた衣を献上しており、その恩恵を受けていた。だが、沙夜が実家と縁を切った日から、献上した衣に付与されていた不思議な力が消え去ったという。

榊原家は帝達を騙した罪に問われ、罰として都から追放されたと聞いた。

元々、横柄だった父や一族の者を庇う人間は一人もおらず、むしろ利用されていたのは父の方だったようだ。それまで榊原家の屋敷だった場所は少しずつ荒れているらしい。

その話を聞いた時、玖遠は因果応報だと言って、冷めた表情で遠くを睨んでいた。沙夜よりも彼の方が実家に対して憤っているようで、そのことを少しだけ嬉しくも思った。

父達が都から追放されたことで妖狩りも減り、妖達にも穏やかな日常が戻ってきていた。負傷していた妖達も徐々に良くなり、次第に玖遠の屋敷から去っていった。沙夜も彼らのために祈りを込めて匂い袋を作って渡していたが、少しでも彼らの怪我の治癒に関われたのならば、迷惑をかけてしまったことに対する罪悪感も僅かばかり薄れる気がした。

全てが落ち着き、春の花々が満開になって来た頃。今日は何をしようかと考えていた沙夜は、にこにこと楽しそうに笑っている白雪と漆乃に囲まれていた。

「さぁ、沙夜様！　準備しましょうね！」

「何も心配いらないからね。あたし達に任せて、じっとしていておくれよ」

二人の勢いに押された沙夜はされるがままだ。何をするのかと問いかける暇もないまま、沙夜はあっと言う間に別の衣へと着替えさせられていた。

「あ、あの、えっと、これは……？」

沙夜が着せてもらったのは、白い布地に桜の花の模様が所々に刺繍された眩しく美しい衣だった。そして、丁寧に結い上げられた髪には、いつもの髪飾りが飾られている。

こんなにも綺麗な衣を着たのは初めてだ。沙夜は本当に自分が着ているのかと確かめるように、袖や裾を眺めた。

「……お、着替えたみたいだな」

部屋へと入ってきたのは、普段(ふだん)の装(よそお)いとは違って背筋が伸(の)びるような羽織や衣を纏(まと)っている玖遠だった。はっと気付いた時には、それまで傍にいたはずの白雪や漆乃は部屋から出て行っており、この場には玖遠と二人きりだ。

玖遠は沙夜をじっと見つめ、それから満足そうに頷(うなず)いた。

「やっぱり、桜の模様の刺繍を入れてもらって良かった。君によく似合っているよ。普段の沙夜がゆっくりと愛(め)でたい可憐(かれん)な花ならば、今の沙夜は高嶺(たかね)の花のような気品があって、触(ふ)れれば消えてしまうのではと思えるくらいに儚(はかな)げだな……。このまま皆の前に出て、他(ほか)の奴(やつ)が沙夜に目を付けたらどうしよう……」

「えっ、あ……ありがとうございます。もしかして、この衣は玖遠様が用意して下さったのですか？」

「そうだよ。大蜘蛛(おおぐも)の妖に仕立てを頼(たの)んでおいたんだ。……それじゃあ、行こうか」

「ふぇっ!?」

返事を聞かずに玖遠は沙夜をさっと抱き抱(だ)え、どこかに向かって歩き始める。

連れて行かれたのは、見頃(みごろ)の花が咲(さ)き誇(ほこ)る屋敷の庭だ。

その場に下ろされた沙夜は周囲を見回す。地面には筵(むしろ)が敷(し)かれ、大皿に盛られた料理と酒の壺(つぼ)が並べられていた。そして、配下の妖達が何故かこちらを窺(うかが)っている。

「これは……」

一体、どういう状況なのか、と訊ねようとした時だった。

「──沙夜様っ、改めて玖遠様とのご結婚、おめでとうございます！」

最初に声を上げたのは白雪だった。彼女は抱えている竹籠に手を入れると、素早く何かを引き抜いて、沙夜達に向けて放った。白雪の手からひらひらと散らばっていくのは、薄紅色や黄色の花びらだった。

突然、花吹雪を浴びた沙夜は目を見開き固まったが、驚いたのはこれだけではない。

「頭領、嫁殿、おめでとうございます！」

「いやぁ、こうやってお二人が並ぶとお似合いだねぇ」

「今日のためにたくさん料理を作ったから、腹いっぱいになるまで食べてくれよな！」

妖達から次々と言葉をかけられ、何が起きているのか頭が追いつかず、ぎこちなく玖遠の方を見る。彼は小さく苦笑しつつ、目を細めた。

「この前、沙夜が妖狩りから妖達を守っただろう？　その際のお礼をしたいって、彼らに相談されてね。せっかくなら祝言をやろうと思って、皆でこっそりと準備していたんだ」

沙夜はもう一度、妖達へと目を向ける。初めて屋敷に訪れた時とは違って、この場にいる妖達から向けられる視線の中にはもう、不審や警戒は含まれていなかった。

「皆、沙夜のことを認めているんだ。俺の妻としてだけじゃなく、君自身を」

柔らかな声色で玖遠はそう言った。

妖達は穏やかな表情で、温かな言葉をかけてくる。彼らの言葉が嘘偽りのないものだと感じられ、胸がいっぱいになった沙夜は上手く声が出せなくなった。

やっと自分の居場所を得られた気がした。目の前の光景を脳裏に焼き付けようとしたが、視界は少しずつ滲んでしまう。そんな沙夜を玖遠は優しい表情で見つめてくる。

「喜んでもらえて良かったよ。その顔が見たかったんだ」

「っ……。ですが、妖は人間のような祝言をしない、と……」

「俺が君と夫婦になったと周囲に知らしめたかったんだ。沙夜が俺にとって、唯一無二の大事な妻だって、ね」

「玖遠様……」

自分は人間としても妖としても、結婚の儀式は出来ないと思っていた。だからこそ、密かに抱いていた望みを玖遠が叶えてくれたことに、嬉しく思わないわけがない。

きっと、一生、今日という日を忘れないだろう。それだけははっきりと分かった。

「さぁ、俺達の祝言を始めようか」

玖遠は晴れやかな笑みを沙夜へと向けてくる。沙夜は口元を緩め、頷き返した。

宴の席に着き、玖遠が準備をしてくれた者へのお礼と招いた客達への挨拶を終えた後、酒が入った杯を掲げて乾杯と告げ、和やかで明るい空気の中、祝言は始まった。これまで妖狩りの件で緊迫した空気が続いていたので、良い発散になっているのだろう。

妖達は酒を好む者が多いようで、酌み交わしては楽しそうに笑っている。

「ほら、沙夜。これも美味しいよ。はい、あーん……」

「あ、あの……私、自分で食べられます……」

玖遠が匙に載せた一口分の料理を沙夜に食べさせようとしてくるため、攻防を繰り返している時だった。

「――人前ですのに、相変わらずお熱いですわね」

呆れたように呟く声の主へと視線を向ければ、若紫色の衣を纏っている水貴がいた。

「あ、水貴さん……」

「こんにちは、沙夜さん。この前はちゃんとお祝いしていなかったから、またお会い出来て嬉しいわ。……改めて、この度はご結婚、おめでとうございます。お祝いの品に大樽の酒を持ってきたの。良かったら召し上がってちょうだいね」

沙夜はちらりと水貴の後方を見る。そこにはかなり大きい樽がどんっと置かれており、妖達が木製の柄杓を使って、自分の杯へと酒を注いでいた。

「白々しい……。そっちが無理矢理、招待客としてねじ込んできたんだろう……」

玖遠が小さく睨んでも、水貴はどこ吹く風である。玖遠曰く、祝言の準備をしている最中に情報が漏れたのか、水貴が自分も参加したいと言って、当日に訪ねて来たらしい。

「……そういえば、先日の妖狩りの件だけれど。彼らが狙っていたのは沙夜さんだったと聞いたから、本当に無事で良かったわ」

水貴は沙夜を心配してくれたが、彼女に対する後ろめたい気持ちが込み上げてくる。

「あの、水貴さん……。この前は……」

挿し木の件について、沙夜が改めて謝罪しようとしたが、水貴は首を横に振った。

「その謝罪は受け付けないわ。沙夜さんは元々、挿し木の件を知らなかったようだし、何より神子として、大蛇族の常夜桜を復活させてくれたもの。やるべきことをやってくれた以上、あなた個人を恨んだりしないわ。挿し木も枯死していたけれど、取り返せたし」

罪を犯した父達と沙夜は別だと言っているのだろう。彼女の気遣いに、心苦しさが少しだけ薄れた気がした。

「だから、報復は『榊原家』の人間だけに止めておくわ。……それと禁妖香や特殊な術を使って妖達を苦しめた件もあるもの。――もう二度と奴らを逃がしたりしないわ」

目を爛々と輝かせながら笑っている水貴に、沙夜は少し寒気を感じた。

「今ね、奴らにどんな報復をしようか考えているのよ。……ふふっ、じわじわと追い詰め、奴らの顔が歪んでいくのを想像するだけで楽しいわね。……うん、すごく良い気分だわ。

今日はたくさん飲んで帰るとしましょう」

「ちょっと、待て。自分で持ってきた酒を自分で飲み干すつもりじゃないだろうな」

「それではお二人とも、ごきげんよう。どうか、お幸せに」

良い笑顔のまま、水貴は大樽の方へと向かっていった。

「……大蛇族は酒豪ばかりだから、酒が足りなくなるかもしれないな。予備で用意していた酒を蔵から出すか……」

玖遠はどこか、遠い目をしていた。

その後も、玖遠の配下の妖達が次々と沙夜達のもとへとやってくる。銀竹からは手作りの竹製の湯飲みを貰い、紫吹からは夜目石と呼ばれる夜に光る石を貰った。朝尾と漆乃からは春の花々を贈られ、お祝いの言葉をかけられた。

すると、よぼよぼとした足取りで、真伏がやって来る。何を言われるのだろうかと沙夜は唇を結び、彼の言葉を待った。

「……嫁殿。先日の妖狩りから妖達を守ろうとしたこと、礼を言わせてもらいましょう」

「真伏さん……」

「あなたの頭領の妻としての気概と覚悟、この老いぼれの目にしっかりと刻まれました。……どうか、これからも玖遠様を支える者として、宜しく頼みますぞ……」

それは真伏にとって、精一杯のお祝いの言葉だったのだろう。

彼の言葉を受け、胸の奥がじんわりと温かな心地になる。沙夜は真っ直ぐ真伏を見つめ、力強く頷き返した。

「はい、ずっと玖遠様を支えていきます」

「うむ」

沙夜の返事に満足したのか、真伏はゆっくりとした足取りで去って行った。

入れ替わるようにやって来たのは、酒が入っている壺を小脇に抱えた八雲だった。その頬は赤く染まっており、すでに酔っていることが窺える。

「うっわ、八雲……。お前、酒は苦手だって言っていたのに飲んだのか……」

「私は止めたんですが、飲まないとやってられないと言って、あおっていました」

八雲の後ろから、おろおろと手を伸ばしながら付いてきているのは白雪だ。

「おい、そこの娘！　いや、今日からは嫁殿と呼ばせてもらう！」

彼はびしっと沙夜を指差してくるが、酔っている状態なのであまり威圧感はない。

「いいか！　少しだけだぞ！　少しだけならば、お前を玖遠様の妻として認めてやる！　あと、この前の件についてもお礼を言わせてもらうからな！　ありがとう！」

「うわぁ、お酒に酔っている八雲さん、面倒くさいのか素直なのか分からない……」

白雪は少し引いた視線を八雲へと向けているが、背後からなので彼は気付いていない。

八雲は渋々と言った感じだが、沙夜にとっては十分過ぎる言葉だった。

「これからも玖遠様の妻として相応しくいられるように努めていきますので、宜しくお願いします」

沙夜の返答に八雲は満足したのか、祝いの品を置いてから、白雪に引きずられるようにしながら去って行った。

「……八雲の奴、酔いが醒めたら悶絶しそうだな……」

「ふふっ……。でも、皆さんにお祝いの言葉を頂けて、とても嬉しかったです」

妖達から贈られたお祝いの言葉を思い出し、沙夜は笑みを浮かべた。

楽しそうに飲み食いしては笑っている妖達を眺めていると、玖遠が耳元で囁いてきた。

「沙夜。この後、時間を空けておいてくれる？　……連れて行きたい場所があるんだ」

突然の誘いに沙夜は目を瞬かせる。他の皆には秘密だと言わんばかりに、玖遠は片目を瞑った。

夜風が肌を撫でるように通り抜けていき、沙夜は思わず乱れた髪を耳へとかけた。

「春でも夜風は少し涼しいくらいですね」

「そうだね。……大丈夫？　寒くなったらすぐに言ってね」

「はい」

玖遠に抱き抱えられている沙夜は、彼の妖術によって空を飛んでいた。もちろん、祝言の時の衣装ではなく、普段のものへと着替えている。

玖遠から、連れて行きたい場所があると言われ、今は二人で夜の散歩中だ。

祝言は無事に終わったが、酒に酔って動けない者が多いため、片付けは明日に回されることになった。玖遠曰く、このような宴はめでたいことがあった時にやっているらしい。

「それにしても、まさか飲み比べで水貴殿が一人勝ちするとは……恐ろしい……」

祝言の最中、いつの間にか飲み比べが始まっており、最後まで残ったのは水貴だった。彼女は満足そうな顔で一切ふらつくことなく、しっかりとした足取りで帰って行ったので、玖遠を含めた他の妖達も若干、引いていた。

「水貴さんには本当に驚きましたね……。私も舐める程度にお酒を飲んでみたのですが、まだまだあの味を楽しめそうにはないです」

「ははっ、無理して飲まなくて良いよ。……でも、そうだなぁ、今度二人きりの時に、お酌してくれたら嬉しいな」

「ええ、私で良ければ」

お互いに顔を合わせて、小さく笑い合う。何気ないことだとしても、沙夜にとっては心地よいことだった。

「……それじゃあ、沙夜。俺が良いって言うまで、目を瞑っていてくれる？」

「え？　あ、はい。分かりました」

玖遠は着くまで秘密にしておきたいと言ったが、一体どこへ連れて行くのだろうかと思いつつも、すぐに目を閉じた。

暫くすると目的地に辿り着いたのか、玖遠が地面へと着地した。

「沙夜、ゆっくりと下ろすよ。……もう、目を開けても良いよ」

地面の上へと足を着けた沙夜は、促された通りに瞼を開いた。

どうやら、ここは山の頂だったようで、周囲は開けた場所になっており、空から降り注ぐ月明かりによって、景色がよく見えた。恐らく、玖遠の屋敷から少し距離がある場所なのだろう。山頂から見下ろせば、東の方向に大湖らしきものが見える。

「ここは俺の秘密の場所なんだ。……ほら、上を見てごらん」

だが、玖遠が見せたかったのは山頂からの景色ではないらしい。彼が指差した方へと視線を向ければ、そこには想像を超えるものがあった。

「っ、これは……夜の、虹……？」

沙夜は目を大きく見開き、動けなくなってしまう。幻想的で美しい、と言葉にすれば簡単かもしれないが、それだけでは足りない程に、眩い光景がそこにはあった。七色というものはこんなにも美しいのか。まるで奇跡のような光景だと沙夜は息を呑んだ。

「普通の虹とは違って、満月の夜の限られた時間の中でしか、この虹は発生しないんだ」

虹というものを、これまでの人生の中で一度も見たことは無い。けれど、七色の橋を空に架ける光景が「虹」であることは知っていた。教えてくれたのは他でもない、隣に立っている玖遠だ。

それに沙夜が心の底から驚いているのは「夜の虹」を初めて見たからではない。玖遠が「夜の虹」に関する自分との思い出を覚えてくれていたことに、何よりも驚いていた。

「いつか、一緒に見ようと約束しただろう？ ……やっと、果たせたね」

そう言って、玖遠は虹の柔らかな明るさに照らされながら微笑んだ。

「大事に……してくれていたんですか。あの時の、約束……」

喜びで震えてしまいそうになる沙夜に、玖遠は朗らかに笑った。

「それはもちろん。沙夜と初めて交わした約束だからね」

玖遠が子狐の「玄」に変化していた時、沙夜は彼と出会い、そして短い期間ながらも共に過ごした思い出がある。その日々の中で、沙夜は玖遠にずっと一緒にいたいと告げたのだ。けれど、彼は首を縦に振らず、とある言い伝えと共に一つ約束をしてくれた。

『数年だけ、待って欲しい。必ず、沙夜を迎えに来るから。そうしたら、いつかきっと、一緒に夜の虹を見よう』

『夜の虹……？』

『普通の虹とは違って、稀にしか見ることが出来ないんだ。……その虹を想い人と一緒に見ることが出来れば、共に幸せになれるという言い伝えがあるんだよ』

『……人間と妖が一緒に見てもいいの？　見たら、玄と一緒に幸せになれるの？』

『俺は君と見たいんだ、沙夜。だから――約束だ』

　子狐の姿をしていた彼はどこか切なそうに、だけど少しだけ嬉しそうに約束してくれたことを覚えている。眩しくて優しい約束だけが、希望を持てない日々を生きていた沙夜にとって、唯一の光だった。――本当は約束が果たされるのをずっと待っていたのだ。

「……約束、果たしてくれて嬉しいです」

　沙夜は涙を滲ませながら、玖遠へと笑いかける。

「玖遠様に教えてもらった夜の虹の言い伝え、やっぱり本当でしたね」

　好きな人が自分のことを何よりも想ってくれていて、隣で笑いかけてくれる。それは言葉に出来ない程に、心が満たされるものだった。

　玖遠は沙夜の言葉に同意するように笑みを返してくれたが、すぐに陰りのある表情を浮かべ、静かに目を伏せた。

「……もっと早く君を迎えに行けたならば、あれ以上、苦しい思いをさせることはなかったのに……。随分と待たせてしまったね……」

　自分を責めるような呟きは、夜風の中に溶けて消えていった。

「やっと、頭領として相応しい力を手に入れて、君を救える機会が得られたのに……。すぐに手が届く、一歩先に君がいるというのに、伸ばせなかった。これだけ強くなったのに、人間と妖という垣根を越える覚悟と正体を明かす勇気が持てなかったんだ」

だから、壁越しでしか声をかけられなかった、と彼は薄く笑った。

「私が……妖である玖遠様を怖がるのでは、と思ったのですね……」

否定されることを恐れていたのかもしれない。その気持ちは沙夜も痛い程に分かる。

「けれど、君が俺の名を呼んで助けを求めてくれた時、迷うことなく簡単に垣根を越えることが出来たんだ。……沙夜があの時、俺に勇気を与えてくれたんだよ」

玖遠は心に抱いていた靄が少し取り払われたのか、晴れやかな表情を浮かべた。

その憂いを全て晴らそうと、沙夜は玖遠に焦がれるような視線を向けた。

「……玖遠様。たとえ壁越しでも、あなたとの時間は私にとっては心の支えでした。あの鳥籠のような小さな屋敷で、玖遠様の存在だけが救いだったんです」

「沙夜……」

「もう、ご自身を責めないで下さいね。私は今、壁もなく、あなたの隣にいられることが何よりも幸せなのです。……だって、玖遠様が私に幸せを教えてくれたんですから」

沙夜は玖遠の左手にそっと触れ、熱を与えるように両手で包み込む。この気持ちは自分の本心だと伝えるために、沙夜は微笑んでみせた。

「……君はどうしてそんなに優しいんだ。俺を責めることだって、出来るのに」

玖遠は表情を少しだけ歪め、沙夜の手をぎゅっと握り締めてきた。

「沙夜。――どうかもう一度、伝え直させてくれないか」

彼は何かを決意したような真摯な表情を浮かべ、沙夜を見つめてくる。

「君と夫婦の契りを交わした時、条件を付けるような結び方しか出来なかったから、やり直したいんだ」

「ですが、それは……玖遠様が、私を気遣って下さったからで……」

沙夜は気にしていないというのに、玖遠は首を横に振った。

「あの時の俺は、君に妖である自分を受け入れてもらえるか、不安だったんだ」

それ故に、彼は自身が沙夜を傷付ける存在ではないと信じてもらうために、予防線を張るような条件を出したのだろう。

初めて玖遠の手を取った夜をやり直すように、彼は言葉を続けた。

「沙夜。俺は君が好きだ。この先もずっと、君を幸せにすると誓う。……だから、どうか俺と共に生きて欲しい」

沙夜は彼の金色の瞳に真っ直ぐ見つめられるのが好きだ。彼の隣で笑い合う穏やかな空気が好きだ。名前を呼ぶ声も、温かな手も。玖遠の何もかもが好きだった。

だからこそ、答えが決まっている沙夜は柔らかな笑みを浮かべる。

「私もこの命が続く限り、玖遠様の隣にいたいです。……共に生きても良いですか」

「沙夜っ……！」

沙夜の答えに感激したのか、玖遠は堪らずといった様子で抱き着いてくる。

だが一度、腕を離したかと思えば、いつの間にか玖遠の顔が目の前に来ていた。

……あ。

気付いた時にはお互いの唇が重なっていた。玖遠の手が後頭部と腰にしっかりと回されているため、逃れることなんて出来なかった。

沙夜の身体は一瞬にして、熱くなってしまう。それなのに玖遠はお構いなしだ。求めるように、彼は何度も沙夜に口付けを落としてきた。

「んっ……。あのっ……」

恥ずかしさと、求められたことへの嬉しさがごちゃごちゃに混ざり合って、何と言葉にすればいいのか分からない。息をするのさえも難しく、限界が来てしまった沙夜は玖遠の胸へと飛び込み、七回目となる口付けから何とか逃れた。

「……駄目だった？」

どこか悲しそうな声色で玖遠が訊ねてくる。

「だ、駄目ではないんですけどっ……。その、慣れていないので……」

きっと、今の自分の顔は真っ赤になっているに違いない。沙夜は顔を隠そうと、玖遠の胸に押し付けていた。

「大丈夫、練習すれば慣れるよ。……でも、今日はここまでにしておこうか。やり過ぎて、沙夜が顔を見せてくれなくなったら、寂しいからね」

玖遠は頭上で楽しげに笑いながら沙夜をぎゅっと優しく抱き締めた。

「これから、たっぷり時間はあるんだ。……ゆっくりと共に歩んで行こう」

「……はい」

沙夜は身体を玖遠に預けたまま、返事をする。

……私は玖遠様と生きていく。

それは小さい頃からの儚い願いでもあり、切望でもあった。自分自身を求めてくれる人とずっと一緒にいたいと願った約束は果たされ、そして、この先も続いていくのだ。

この先、共にする時間の中で、思い出だけでなく、たくさんの感情を刻みながら二人で歩んでいくことになるのだろう。

玖遠の腕に包まれている沙夜は、改めて幸せというものを実感しながらも、一筋だけ密かに涙を流した。

二人の影は重なったまま、夜の虹が祝福するように静かに照らし出していた。

あとがき

　こんにちは、伊月ともやです。

　このたびは本作品をお手に取って頂き、誠にありがとうございます。あやかしと溺愛を詰め込んだ和風ファンタジーとなっておりましたが、いかがでしたでしょうか。

　実は伊月、本物の狐に昔、実家の裏山で会ったことがあります。人間に靡かず、怯えず、堂々と立ち去るその姿を見て、狐とはどこか神秘的で特別な生き物だ――と感じたことを本編の執筆中に思い出しました。これもある意味、縁だったのかもしれません。

　さて、沙夜についてですが、不遇な境遇ゆえに家出後はたくさん幸せになって欲しい、感情を出せるようになって欲しいと思いながら書いていました。

　そして、一歩を踏み出せない沙夜を包み込むように溺愛して欲しい、と思って生まれたのが玖遠です。その一方で、強くて頼れるけれど、少しだけ陰がある……つまり、伊月の大好き成分が詰まった男でもあります。

　二人の恋模様を楽しんで頂けましたら、嬉しい限りです。

それでは改めて、この場をお借りして謝辞を。

夜咲こん様。イラストを担当して下さり、ありがとうございます。玖遠と沙夜の美麗イラストを見るたびに、転げ回っては叫ぶほど、喜んでいました。ずっと、にやにやが止まりませんでした。魅力的に描いて下さり、本当にありがとうございます……！

担当者様。二作目も担当して頂き、ありがとうございます。伊月が唸るように悩んでいる時、優しく温かく的確な助言を何度も出して下さったこと、本当に感謝しております。

そして、出版に携わって下さった全ての関係者様に深くお礼申し上げます。

読者の皆様。色んな想いを詰め込んだ本作品を読んで下さり、ありがとうございました。

皆様のお心に少しでも残ることが出来ましたら、幸いです。

また、前作に心温まるお手紙を送って下さった方、ありがとうございます。家宝にしております。実は頂いた時、嬉し過ぎてちょっとだけ泣きました。何度も読み返す程に大切にしています。

最後にもう一度。この本に関わって下さった全ての方々に最大限の感謝を。

いつかまた、皆様とお会い出来ますように。

伊月ともや

「あやかし恋紡ぎ　儚き乙女は妖狐の王に溺愛される」の感想をお寄せください。
おたよりのあて先
〒102-8177　東京都千代田区富士見2-13-3
株式会社KADOKAWA　角川ビーンズ文庫編集部気付
「伊月ともや」先生・「夜咲こん」先生
また、編集部へのご意見ご希望は、同じ住所で「ビーンズ文庫編集部」
までお寄せください。

あやかし恋紡ぎ(こいつむ)

儚(はかな)き乙女(おとめ)は妖狐(ようこ)の王(おう)に溺愛(できあい)される

伊月(いづき)ともや

角川ビーンズ文庫　23140

令和4年4月1日　初版発行

発行者――――青柳昌行
発　行――――株式会社KADOKAWA
〒102-8177　東京都千代田区富士見2-13-3
電話 0570-002-301（ナビダイヤル）
印刷所――――株式会社暁印刷
製本所――――本間製本株式会社
装幀者――――micro fish

●お問い合わせ
https://www.kadokawa.co.jp/（「お問い合わせ」へお進みください）
※内容によっては、お答えできない場合があります。
※サポートは日本国内のみとさせていただきます。
※Japanese text only

ISBN978-4-04-112435-2 C0193 定価はカバーに表示してあります。　◇◇◇

平安春姫薬書
へいあんはるひめやくしょ
春告げる花と冬月の君
伊月ともや
イラスト 條
想いが紡ぐ平安医療絵巻！
第18回角川ビーンズ小説大賞
《奨励賞》受賞作！
大好評発売中！
貴族の姫でありながら母に憧れ医師を目指す小春。
しかし、生前の母を知る青年・冬次と出会ったことで、
母がただの医師ではなく禁忌とされる呪術を使う〈呪禁師〉であり、
自分もその力を受け継いでいることがわかり……!?

●角川ビーンズ文庫●

あやかし縁切り屋
専門
鏡の守り手とすずめの式神
雨宮いろり
イラスト／くろでこ
第19回
角川ビーンズ小説大賞
優秀賞&読者賞
受賞作
ハートフル
あやかしファンタジー！
訳あって大叔母の家に引っ越してきたひよりは、
ある日家の竹やぶで式神の青磁を見つける。
彼の仕事である縁切り屋を手伝う中であやかし達と出会い、
自信を持てずにいたひよりを次第に成長させていくが、
それは亡き曾祖父にまつわる因縁に繋がっていき……!?
●角川ビーンズ文庫●

売られた令嬢は
奉公先で
溶けるほど
溺愛されています。
著／灯倉日鈴
イラスト／手名町紗帆
最凶のご主人様に仕える、
最高に幸せな日々。
借金のために実の父に売られたミシェル。奉公先は王国最強の将軍・シュヴァルツの邸だった。強面で粗野な彼に怯えながら始まる新しい生活、だけど彼の真っすぐな優しさはやがてミシェルの居場所になっていき――。

●角川ビーンズ文庫●

絶滅危惧種 花嫁
虐げられた姫ですが
王子様の呪いを解いて
幸せになります
WEBで人気!!
身代わり花嫁の大逆転
シンデレラストーリー！
狭山ひびき　イラスト/ぽぽるちゃ
異能を誇るノーシュタルト一族で「無能」と蔑まれて育ったエレナ。異母妹の身代わりに、呪われていると噂の王子に嫁ぐことに。ところが肝心のユーリ王子には会えず、代わりに出会ったのは何故か１匹の大きな狼で……？
●角川ビーンズ文庫●